LES JOYAUX D'ESTRELLA

Angeline Monceaux

Dépôt légal : Novembre 2022

ISBN : 9798353764472

Remerciements

Chers lecteurs, je vous remercie sincèrement d'avoir acheté **LES JOYAUX D'ESTRELLA.**

Un tout spécial merci à Frédérique Brevalle pour son retour sur l'histoire, une fidèle lectrice devenue une amie si bienveillante.

Je remercie mes fils : Alex et sa compagne Sofie, Julien, Jonathan et son épouse Anaïs. Ils continuent de m'apporter leur soutien, dans la poursuite de mon rêve.

À mes petits-enfants, vous êtes le soleil qui réchauffe le cœur de votre mamie.

Merci à Jean-François pour son soutien inconditionnel.

Merci à Olivier, Audrey, et Jonathan pour la bêta lecture.

Merci à mes fidèles lecteurs pour votre gentillesse et votre soutien.

À vous tous, qui croyez en moi, merci du fond du cœur.

Mentions légales

LES JOYAUX D'ESTRELLA

L.335-2 et suivant du Code de la propriété intellectuelle.

La législation sur les Droits d'auteur s'applique aux livres numériques de la même manière qu'aux livres papier. En particulier, le Code de la propriété intellectuelle n'autorise, aux termes de l'Article L.122-5, que « les copies ou reproductions strictement réservées à l'usage privé du copiste et non destinées à l'utilisation collective ». Le non-respect de cette interdiction constituerait une contrefaçon sanctionnée par les Articles L.335-2 et suivant du-dit Code.

« Ne passez pas à côté de vos rêves, la vie est trop courte.

Le seul échec c'est de ne pas essayer. »

Angeline Monceaux

PROLOGUE

Je me nomme Saona Brevalle.

Je naquis le six mai mille neuf cent quatre-vingt-quatorze, en France, dans une petite ville de Picardie.

Mon père travaillait dans une usine de soudure et maman s'occupait de la maison et de notre petite famille. Elle adorait nous préparer de bons petits plats. Au retour de l'école, mon goûter m'attendait. Lorsqu'elle avait un peu de temps libre, elle s'adonnait à la couture, son passe-temps favori. Elle nous créait entre autres de jolies robes. Nous n'étions pas riches, mais le bonheur ne se quantifiait pas à l'argent, mais à l'amour de notre famille.

Élève studieuse, au collège, je m'intéressais principalement aux langues étrangères. J'adorais entendre leurs sonorités si particulières. J'aimais également découvrir la culture et la littérature des pays hors des frontières de France.

Je prenais plaisir à lire et regarder les émissions de voyages et de découvertes.

Mes parents ne furent donc pas surpris de mon désir de partir pour un tour du monde, un rêve que j'espérais réaliser, mes études terminées.

Depuis déjà trois ans, je découvrais de nouveaux pays en tant que guide touristique.

Âgée de vingt-trois ans et ayant économisé, je décidai de réaliser mon rêve.

La première année, je me concentrai sur l'Europe, pour ne pas rester trop éloignée de mes parents. Je la parcourus en camping-car, ce qui me permit de rentrer en France lors de la tragédie qui s'abattit sur ma famille. Un chauffard ivrogne avait percuté mes parents sur la route départementale qui menait à la maison. Ils décédèrent à l'hôpital tour à tour, sans que je puisse malheureusement leur dire adieu.

Ce fut un énorme choc. Mes parents représentaient tout pour moi. Je mis plusieurs mois pour reprendre mes esprits et ma vie.

Mon camping-car vendu, je pris un billet d'avion pour entamer mon tour du monde. Plus rien ni personne ne me retenait dans mon pays natal.

J'ignorais à cette époque que je ne reverrais jamais la France…

Chapitre 1

Un endroit obscur, dans lequel résonnaient des sons métalliques. Le froid engourdissait le corps de Saona. Elle grelottait et ressentait un malaise indescriptible.

Pourquoi ne se trouvait-elle pas bien au chaud sous sa douce couette, dans son lit ?

Pourquoi se sentait-elle si affamée et assoiffée ?

Le corps douloureux de Saona lui prouvait qu'elle était bien vivante. Mais où se trouvait-elle ? Pourquoi se sentait-elle si mal ?

Dans son cerveau, la brume commença à se dissiper. Quelques souvenirs émergèrent.

Saona se trouvait dans le parc Pecos au Nouveau-Mexique. Partie tôt le matin, pour profiter de la fraîcheur, elle s'était munie d'un sac à dos, une gourde, de son appareil photo et de bonnes chaussures de marche pour une longue randonnée.

Dans un petit restaurant de Santa Fe, une rencontre avait recommandé une piste dans le parc national du Pecos aux États-Unis. Elle découvrait cet immense territoire avant de rejoindre le Mexique et l'Amérique du Sud.

Saona marchait depuis de nombreuses heures sur une piste caillouteuse et escarpée. Elle venait d'atteindre la lisière d'un bois, mais à partir de cet instant précis, elle ne se souvenait de rien. Elle ne parvenait pas à se remémorer la suite des évènements. Le froid la sortit de ses pensées. Elle n'était pas vêtue pour un tel endroit et ne savait comment se réchauffer. Elle semblait maintenant avoir repris tous ses esprits ou presque.

Saona sursauta en entendant un gémissement suivi par un cri de douleur bien humain.

– Il y a quelqu'un ? demanda-t-elle en anglais en pensant qu'elle se trouvait toujours aux États-Unis.

Elle entendit un faible « yes », et reconnut la voix d'une femme.

Heureuse de ne pas être seule dans cet endroit angoissant, Saona prévint l'inconnue qu'elle allait essayer de la rejoindre.

– Je vais tenter de m'approcher de vous. Je ne vois absolument rien, c'est donc compliqué.

Saona, commença à tâtonner le sol froid, graisseux et humide. Elle demanda à l'inconnue de continuer de lui parler afin qu'elle puisse se diriger. L'obscurité ne lui permettait pas de voir son propre corps. Son angoisse augmentait au fur et à mesure de son avancée. Saona l'ignora. La pensée qu'elle ne serait plus seule la poussait à continuer.

Vêtue seulement d'un short, le sol rugueux et abrasif brulait ses genoux. Elle ressentait une douleur lancinante, intense et pénétrante dans son poignet et ne pouvait pas l'utiliser.

Elle continua lentement sa progression et atteignit le pied de l'inconnue. Surprise de sentir le toucher de la main froide de Saona, l'étrangère écarta rapidement son pied.

– Je suis Saona Brevalle. Comment vous appelez-vous ? demanda Saona d'une voix douce.

La jeune femme devait être aussi effrayée de se trouver dans un tel endroit.

– Sienna Clarkson, répondit l'inconnue d'une voix chevrotante.

– Êtes -vous blessée ? enquit Saona.

Sienna répondit en sanglotant :

– Je crois que mon bras est déboité de mon épaule. La douleur est horrible dès que je bouge.

– Je suis vraiment désolée de ne pas pouvoir vous soulager. Je ne saurais pas comment m'y prendre.

– Ce n'est pas votre faute. Et vous ? êtes-vous blessée ? demanda Sienna.

– Juste mon poignet, mais ça va tant que je ne l'utilise pas. Si seulement, il ne faisait pas si noir, je pourrais essayer de trouver, une porte, une ouverture, quelque chose. Mais je ne distingue même pas votre silhouette, expliqua Saona.

– Je sais, moi non plus. Depuis combien de temps êtes-vous ici ? enquit Sienna.

Entendre le son de la voix douce de Saona réconfortait la jeune femme apeurée.

– Je l'ignore, je viens juste de me réveiller. Et vous ?

– Je ne sais pas. Je ne me souviens pas du moment où je suis arrivée ici, avoua Sienna.

– Idem. Je faisais une randonnée dans le parc du Pecos au Nouveau-Mexique, puis ce fut le trou noir et je me suis retrouvée ici.

– Moi aussi, mais je marchais dans la réserve naturelle de Salta, en Argentine et je me suis réveillée ici.

– C'est vraiment à ne rien y comprendre, je n'arrive même pas à me souvenir du moment où j'ai quitté le parc, commenta Saona.

– Moi non plus. J'ai peur et j'ai vraiment froid, désolée de ne pas me montrer très courageuse, ajouta Sienna avec tristesse. Elle souffrait énormément.

Saona comprenait la jeune femme, même si elle essayait de garder son sang-froid, elle ressentait aussi de la frayeur. Pourtant malgré la peur au ventre et l'angoisse intense, Saona était bien décidée à ne pas se laisser abattre. Elle se répétait incessamment ; tant qu'il y a de la vie, il y a de l'espoir.

– Tu sais, Sienna, moi aussi je suis effrayée et frigorifiée. Si tu veux, je peux me mettre près de toi, nous aurons plus chaud, proposa Saona.

– Bonne idée, je suis en train de te tendre la main gauche, si tu veux t'asseoir de ce côté. Je ne pourrais pas supporter que l'on me touche mon autre épaule, expliqua Sienna d'une voix tremblante et de nouveau au bord des larmes.

Saona prit place près de la jeune femme. Elle ne savait pas vraiment si cela augmenterait la température de leur corps, mais elles n'avaient rien à perdre. Elles tremblaient et claquaient des dents. Le froid était si pénétrant qu'il leur glaçait les os.

Les deux jeunes femmes discutèrent un peu de leur vie, pour ne pas penser à leur situation et éviter de s'endormir. Elles préféraient rester éveillées au cas où se présenterait une occasion favorable de s'échapper.

Sienna était âgée de vingt-cinq ans. Sa famille était originaire de Brighton, en Angleterre, où elle avait vécu toute son enfance. Après ses études, elle était partie pour Londres et travaillait dans une librairie. Grâce aux livres, elle avait découvert de nombreux pays et désirait les explorer. Elle aimait également effectuer de longues randonnées qui l'avaient amenée dans la réserve de Salta.

Elle devait partir en Argentine avec son ami, mais ce dernier rompit avec elle, deux jours avant le départ.

Sienna ne fut pas vraiment attristée, elle savait que leur relation serait éphémère. Elle n'avait jamais éprouvé pour lui des sentiments intenses, juste une attirance. À cette période de sa vie, ils s'entendaient bien, cela suffisait amplement à Sienna. Elle ne ressentait pas encore le besoin de fonder une famille, elle désirait connaître le monde et expérimenter l'aventure. Toutefois, elle se serait volontiers passée de ce genre-là.

Elle décida donc de voyager seule et jusqu'à maintenant, Sienna ne l'avait pas regretté. Les Argentins s'étaient montrés prévenants et très gentils. Sienna adorait l'Argentine et ses paysages extraordinaires et de toute beauté.

Dans un petit restaurant, elle avait fait la connaissance d'un compatriote. Il prétendait être journaliste. Il pratiquait aussi beaucoup de sport. Sienna n'en avait pas douté vu son physique d'athlète. Il avait conseillé cette randonnée, en précisant qu'elle était magnifique et facile. Il avait assuré que beaucoup de randonneurs l'empruntaient et que Sienna ne serait jamais vraiment seule. Pourtant, elle ne rencontra pas une âme qui vive.

– Ton histoire est tellement semblable à la mienne. Un homme m'a aussi conseillé de prendre la piste que je suivais, expliqua Saona.

– Tu penses comme moi ? Nous avons été kidnappées et c'était prémédité ?

– Oui, vu les similitudes de nos histoires, j'en suis certaine, confirma Saona.

– Mais pourquoi ? Je ne suis pas riche, ajouta Sienna.

– Moi non plus. Chut ! Écoute ! On dirait que quelqu'un approche, murmura Saona en tremblant.

Des pas lourds et décidés résonnaient et se rapprochaient d'elles.

Une lourde porte en acier s'ouvrit offrant un peu de luminosité. Saona cligna plusieurs fois les yeux pour qu'ils s'adaptent à ce nouvel environnement.

Une silhouette haute et massive, vêtue d'un long manteau noir à large capuche, apparut. Elle mesurait plus de deux mètres. Elle se tourna vers les jeunes femmes qui retinrent leur souffle. Sur le visage de la créature, elles ne distinguèrent que deux petits yeux rouges et globuleux pour le moins effrayants.

La chose déposa devant elles, un grand bol de métal contenant de l'eau. Elle gargouilla quelque chose d'incompréhensible et partit. Les jeunes femmes ne tremblaient plus seulement de froid, mais de peur. La créature ne semblait pas agressive, mais elle paraissait sortir tout droit d'un film d'horreur.

Saona et Sienna furent de nouveau plongées dans l'obscurité après son départ. Ce qui accentua leur angoisse et leur crainte. La noirceur de la pièce la rendait oppressante.

Soudain, au-dessus d'elles, une petite lampe s'alluma et éclaira légèrement l'endroit où elles étaient assises.

Saona dévisagea Sienna et lui sourit. Elle fut choquée de voir à quel point sa compagne lui ressemblait. Leurs cheveux longs et bouclés de la même teinte et leurs yeux paraissaient être également de la même couleur. Seule leur corpulence les différenciait. Saona était plus petite et plus ronde que Sienna. Elles pouvaient passer pour des sœurs sans aucune difficulté.

– C'est vraiment trop étrange, commenta Sienna. Nous sommes tellement semblables.

– C'est exactement ce à quoi je pensais. Je ne distingue pas vraiment la couleur de tes yeux, mais j'ai l'impression qu'ils sont verts, comme les miens, remarqua Saona.

– Oui, ils le sont. Et tout cela n'a rien de rassurant. Ils nous ont kidnappées dans les mêmes conditions et nous sommes presque identiques, commenta Sienna inquiète du constat de leur ressemblance.

– Malheureusement, je ne vois pas ce que l'on peut faire, sinon essayer de survivre. Impossible de forcer cette porte. Et vu notre état physique, je nous vois mal nous attaquer à ce monstre. Je pense qu'il nous a apporté un peu d'eau.

Saona s'approcha du bol et le sentit. Elle trempa un doigt et le goûta.

– C’est de l’eau ? demanda Sienna.

– Oui.

Saona s’approcha d’elle et l’aida à étancher sa soif.

– Nous devons en conserver. Qui peut dire quand il nous en ramènera, suggéra Saona.

Elle prit quelques gorgées et déposa le bol non loin d’elle.

– J’ai bien cru avoir une crise cardiaque quand il ou elle nous a regardées, avoua Sienna.

– Moi aussi. J’ai eu si peur qu’ils veuillent nous emmener ou nous toucher que j’en tremble encore.

– Crois-tu aux extraterrestres ? demanda sérieusement Sienna.

– J’y crois, maintenant. Je suis certaine que cette chose n’existe pas sur Terre, ajouta Saona.

Rien que d’y penser lui donnait la chair de poule.

– Tu penses que nous sommes dans un vaisseau ?

Saona réfléchit un instant avant de répondre en prenant en considération le peu d’indices qu’elle possédait sur l’endroit.

– Je n’en ai aucune idée, mais j’en doute. Il n’y a aucune vibration et aucun bruit de moteur, juste ce bruit métallique, indiqua Saona.

– Tu as raison, je n’avais pas pensé à cela. Il faut dire que je me sens tellement fatiguée et un peu dans le brouillard. De plus, j'ai vraiment très mal, confia Sienna.

– Je vais essayer de regarder l'état de ton épaule.

Saona changea de place et poussa délicatement le tee-shirt de Sienna. Elle aurait tellement aimé pouvoir aider la jeune femme. Elle tâta doucement l'épaule de Sienna et découvrit comme un affaissement.

– Oh ! cria Sienna.

Le seul toucher léger de Saona suffisait à l'irradier de douleur.

– Désolée, elle est bien luxée. J'ai déjà vu cela, maman se luxait régulièrement l'épaule. Mais je suis incapable de la remettre en place, ajouta Saona à regret.

– Tant que je garde mon bras sur moi et que je ne bouge pas du tout, la douleur est supportable. Mais le moindre mouvement me déchire l'épaule, expliqua Sienna.

Saona essaya de réfléchir sur ce qu'elle pourrait faire pour pouvoir aider la jeune femme et peut-être elle aussi. Elle souffrait atrocement de son poignet.

– Je vais regarder autour de nous si je peux trouver quelque chose, au moins pour nous réchauffer, prévint Saona.

Elle se leva et tituba légèrement.

– Ça va ? interrogea Sienna en la voyant prête à chanceler.

– Oui, je me suis sûrement levée trop rapidement.

Saona se sentait subitement étrange, et son cerveau semblait s'enfoncer petit à petit dans un brouillard épais. Elle commença tout de même à inspecter les lieux à tâtons. La petite lampe au-dessus de leurs têtes ne diffusait pas suffisamment de lumière pour éclairer toute la pièce.

Elle revint les mains vides. Elle ne trouva ni objet ni ouverture, à part la lourde porte. Elle se sentit de plus en plus somnolente.

– C'est totalement vide. Je n'ai rien trouvé, pas même une ouverture, informa-t-elle.

– Je suis épuisée, Saona.

– Je sais, moi aussi. Je pense que le froid n'arrange rien et je me demande depuis combien de temps nous n'avons pas mangé. Mon estomac crie famine. Je pense aussi que nous avons été droguées. Je me suis réveillée avec un goût vraiment très étrange, expliqua Saona.

Pour elle, la seule explication de l'absence des souvenirs de leur enlèvement était due à une injection du genre « Rohypnole », la drogue du violeur. Elle se souvenait avoir lu des articles à ce sujet. Après avoir été abusées, les victimes ne se rappelaient absolument rien. Saona essaya de ne pas s'inquiéter sur ce qui aurait pu être pratiqué sur elles lorsqu'elles étaient inconscientes. Il subsistait toutefois une certitude vu leurs blessures, leur enlèvement ne s'était pas effectué en douceur.

– Sienna ?

– *La pauvre, comme elle doit souffrir. Moi aussi je suis si fatiguée et mon poignet est de plus en plus douloureux,* pensa tristement Saona.

Des larmes roulèrent et laissèrent une traînée sale sur ses joues. Elle reprit sa place au côté de sa compagne et essaya de réfléchir, mais la fatigue l'emporta.

Saona fut réveillée par la chose. Elle leur apporta un nouveau bol d'eau. Cette fois, Saona prit son courage à deux mains. Elle mima qu'elle voulait manger et qu'elle avait froid.

La créature gargouilla de nouveau. Saona insista en frottant ses bras et en claquant des dents. L'être étrange la fixa et finit par hocher la tête. Sur le point de partir, Saona l'interpella. Il se retourna, elle mit ses doigts à hauteur de sa bouche, avec des va-et-vient pour montrer qu'elle voulait de la nourriture. Cette fois, elle n'obtint aucune réponse. Il sortit et claqua la lourde porte en acier.

– Aie ! hurla Sienna, après avoir sursauté au son du claquement de porte.

– Ça va ?

– Oui, j'ai juste bougé mon bras. Elle est revenue, la chose ? enquit Sienna.

– Oui. Nous avons un deuxième bol. Tu veux boire un peu ? Eh Sienna ! Reste éveillée !

Saona s'approcha d'elle et lui donna un peu d'eau.

– Tu dois rester éveillée. Je crois que la douleur, la faim et le froid t'affaiblissent. Si tu t'endors, je crains que tu n'entres en hypothermie et que tu ne te réveilles pas.

– Je vais essayer, mais je suis si fatiguée, confia Sienna d'une petite voix.

Saona s'inquiétait terriblement pour sa compagne, elle semblait beaucoup plus fragilisée qu'elle. Pourtant, elle-même se sentait assez mal, avec cette impression constante de ne pas être elle-même. Le froid, la faim et la douleur lancinante de son poignet accentuaient son mal-être.

– Moi aussi je suis épuisée, mais la bonne nouvelle est que je pense qu'il a compris que nous avons froid, expliqua Saona.

– Peut-être qu'il va nous apporter des couvertures, espéra Sienna.

– Si c'est le cas, j'essaierai une nouvelle fois qu'elle comprenne que nous avons faim. Je n'ose pas demander qu'elle te soigne. Je crains trop qu'elle t'emmène je ne sais où, souligna Saona.

Quelques minutes plus tard, la drôle de chose revint et jeta sur Saona des morceaux de tissus, dont un plus épais que les autres. Elle n'eut pas le temps de lui demander à manger, elle avait déjà refermé la porte.

– Sienna ? Sienna ?

– Oui, je t'entends, répondit-elle la voix cassée.

L'état général de Sienna se dégradait, elle en était consciente. Elle essayait de rester éveillée, mais la fatigue ajoutée à la douleur l'entraînait inlassablement vers l'obscurité. Elle désirait expliquer son ressenti à Saona, mais elle n'en avait pas le courage. Elle se sentait coupable de ne pas montrer plus de combativité et d'apporter son soutien à sa compagne.

– Regarde, je vais pouvoir mettre ton bras en écharpe. Ça devrait te soulager un peu, s'empressa Saona d'informer sa nouvelle amie.

– Merci, dit Sienna d'une voix presque inaudible.

Ce fut très compliqué pour Saona de mettre en place l'écharpe. Sienna ne pouvait pas bouger. Le moindre mouvement entraînait d'horribles souffrances. De plus, Saona ne pouvait pas utiliser son poignet gauche dont la douleur s'accentuait d'heure en heure. Après de longues minutes qui parurent des heures, l'écharpe supporta enfin le bras de la jeune femme. Elle fut un peu soulagée et Saona était épuisée par l'effort.

Elle saisit le tissu le plus épais et couvrit Sienna. Il était malheureusement trop petit pour couvrir les deux jeunes femmes. Elle déposa les deux morceaux restants sur ses jambes et s'endormit à son tour en se serrant tout contre Sienna.

Les jours et les nuits s'écoulèrent. Elles quittaient rarement leur place, seulement pour se soulager dans le fond de la pièce. Le froid, le manque de nourriture les épuisait tellement qu'elles se moquaient d'être sales. Ce qui les indisposait le plus était l'odeur de leurs rejets. Elles finirent par ne plus se déplacer et souhaitèrent ne plus se réveiller dans ce terrible endroit. Peu à peu, elles perdirent l'espoir de survivre à cette terrible expérience.

Saona fut de nouveau réveillée par les quintes de toux de sa compagne. La jeune femme était de plus en plus inquiète pour sa nouvelle amie. Mais elle ne savait que faire pour l'aider. Saona avait essayé de forcer Sienna à changer de position. Elle craignait qu'elle ne développe une pneumonie en restant tout le temps allongé sur le dos. Mais Sienna souffrait tellement qu'elle refusait de bouger.

Saona ne pouvait pas dire combien de temps s'était écoulé, mais plus tard, Sienna commença à grelotter et ce n'était pas dû au froid. Elle était brûlante. Saona essaya de faire baisser la température en humidifiant un des bouts de tissus, mais sans succès.

Elle se sentait épuisée, impuissante et elle désespérait de revoir la lumière du jour. Elle ne supportait plus l'odeur nauséabonde de leur urine dans la pièce. Peut-être devrait-elle se laisser aussi emporter par le sommeil. Elle pourrait retrouver un endroit chaud, sans mauvaises odeurs, et ne plus éprouver cette angoisse et cette peur qui la rongeait. Sans doute rejoindrait-elle ses parents, Sienna cessa de tousser et Saona s'endormit dans un sommeil profond.

Chapitre 2

Estrella, galaxie Tarelle.

Dans son bureau, le prince Hadarah, commandant en chef de l'armée d'Estrella et de l'unité spéciale d'intervention, terminait les devoirs administratifs imposés par son statut de prince héritier.

– Nous avons trouvé le repère des arachiss ! annonça Thérac en entrant précipitamment dans le bureau.

– Où sont-ils ? demanda Hadarah.

– Sur Gaffame, dans la fabrique spatiale abandonnée. Un de nos éclaireurs les a découverts par hasard après s'être approvisionné sur la planète. Il ne pense pas avoir été repéré. Notre espion arachiss a confirmé leur présence et nous a adressé les plans de la fabrique, précisa Thérac.

– Sait-il ce qu'ils fabriquent ? enquit Hadarah, le commandant en chef.

– Non. Il n'a aucune idée de ce qu'ils font sur Gaffame. Apparemment, ils y seraient depuis plusieurs semaines, mais il ne l'a appris qu'hier.

– Prépare l'unité, nous partons dans une heure. Pas de temps à perdre. Ils ne doivent pas nous échapper, ordonna Hadarah.

– À vos ordres ! mon Prince.

Hadarah fronça les sourcils, avant de reprendre son travail, il détestait l'étiquette de Prince et cela amusait Thérac.

Le roi d'Estrella déléguait de plus en plus les affaires du royaume à sa conseillère Theavide et à son fils. Hadarah se soumettait aux désirs de son père. Il était l'héritier du trône et devait prendre un jour une place qu'il ne convoitait pas. Il préférait son métier de commandant en chef sur son vaisseau, le Vengador.

Theavide, la cousine d'Hadarah vivait depuis environ dix-huit mois au palais, depuis la mort de ses parents. Petit à petit, elle avait su gagner la confiance du couple royal et pensait avoir sa place au côté du roi en tant que conseillère.

Hadarah termina son travail et rejoignit ensuite son unité. Cette dernière était constituée des meilleurs combattants de Tarelle, les criminels les craignaient et évitaient la galaxie.

Pourtant, les arachiss avaient eu l'audace d'enfreindre le traité interdisant les esclavagistes et les marchands d'organes. Hadarah tenait l'information d'une source sûre, les arachiss continuaient de kidnapper d'autres races pour les vendre comme esclaves ou les mettre aux enchères pour leurs organes.

Il devait les arrêter, apprendre qui les commanditait et trouver également les acheteurs. Les ennemis ne pouvaient pas avoir créé une telle organisation, ils n'étaient pas suffisamment intelligents. Le Prince en était persuadé.

Sa propre sœur, Nadah, avait succombé à leur attaque, deux ans plus tôt, lors d'une tentative d'enlèvement. N'ayant pu aborder le vaisseau de Nadah, ils l'avaient détruit. Ses parents ne se remettaient toujours pas de la perte de leur fille adorée et Hadarah non plus. Il avait juré sur l'âme de sa sœur qu'ils paieraient pour leurs crimes. Contre toute attente, un an plus tard, un arachiss avait contacté la planète pour entamer des pourparlers.

Il prétendait que la majorité de son peuple n'était pas des meurtriers et ne cautionnait pas ces activités criminelles. Malheureusement, ils n'avaient pas les moyens armés pour se débarrasser des tortionnaires et ne connaissaient pas le nom de celui qui organisait les attaques.

À cette époque, aveuglés par la haine d'avoir perdu Nadah, Hadarah et le roi avaient refusé toutes discussions. Mais l'arachiss n'avait pas abandonné pour autant. Il avait révélé des informations sur de potentielles attaques. Elles s'étaient avérées bien réelles. Il devint ainsi l'espion de son peuple pour le compte des estrelliens.

Force fut de constater l'importance de la collaboration avec l'arachiss. Mais il ne connaissait toujours pas le chainon manquant, le commanditaire.

Hadarah revêtit son équipement de protection et son armement. S'ils résistaient, ils les massacreraient sans aucun remords. Ils devaient payer pour toutes les vies brisées.

– Thérac ?

– Oui, mon Prince !

– Cesse de m'appeler ainsi ! ordonna Hadarah.

– C'est pourtant ce que tu es.

– Ici, je suis juste Hadarah, le commandant ! alors je t'ordonne de m'appeler Hadarah ! Sinon, tu t'en repentiras ! insista le prince irrité par Thérac, même s'il était conscient que son ami adorait l'embarrasser pour s'amuser.

– Très bien, commandant ! rétorqua Thérac en riant.

Il respectait énormément Hadarah, mais aimait de temps à autre l'agacer gentiment. Thérac, le second du commandant était aussi son meilleur ami, ce qui lui permettait de le narguer. Il savait que le statut de prince était sensible pour Hadarah qui désirait seulement être un guerrier. Un combattant qui protégeait sa planète et tous les innocents. Son statut royal ne l'intéressait pas, même si malgré tout, il accomplissait les devoirs qui lui incombaient en tant que Prince héritier d'Estrella.

– Sérieux, maintenant, Thérac ! Contrôle de tous les coms !

L'équipe testa leurs émetteurs-récepteurs, appelés aussi coms ou communicateurs, et donna un signal positif.

Ils embarquèrent tous sur leur vaisseau de combat, le Savisto, plus petit et plus maniable que le Vengador. Ce dernier était utilisé pour les voyages les plus longs au cœur de l'univers. Le Savisto servait surtout pour des missions d'interventions et de secours se situant proches d'Estrella. Équipé d'un bouclier le rendant invisible grâce à un effet miroir, il atterrit sur la planète Gaffame en toute quiétude.

Ils se déplacèrent discrètement par petits groupes. Les arachiss n'avaient posté aucun garde à l'extérieur des bâtiments.

Surpris, Hadarah se demanda s'ils allaient tomber dans un piège. Si leurs ennemis étaient vraiment stupides ou s'ils voulaient rester discrets.

Il opta pour la stupidité quand il aperçut leur imposant vaisseau non loin de la fabrique.

– *Quelle bande d'idiots*, entendit Hadarah.

– Oui, mais restons prudents. Ça pourrait être un piège, ajouta le Prince.

Ils progressèrent en silence en ne faisant pas de quartier lorsqu'ils tombaient sur un arachiss, mais ces derniers offraient peu de résistance.

Ils découvrirent plusieurs prisonniers de races provenant d'autres galaxies. Des mâles robustes, pour la majorité. Ils semblaient tous dociles.

– Ils sont drogués, commenta Thérac.

– C'est évident, je ne sais même pas s'ils réalisent qui nous sommes, acquiesça Hadarah. Primus, emmène-les sur le vaisseau. Qu'on leur apporte boisson et nourriture, ordonna-t-il. Thérac, en avant, on progresse. Je veux que l'on vérifie chaque recoin de cette fabrique,

– Commandant, c'est Tétrus, vous devriez venir, nous sommes en dessous de vous. Il y a un escalier au fond de la salle, il vous mènera à nous.

– Thérac ! Tu continues, ordonna Hadarah.

Il rejoignit rapidement l'escalier qu'il descendit en deux bonds.

– Par ici, commandant.

– Que se passe-t-il ?

– Nous avons trouvé deux femelles. Elles sont tout juste en vie. Le soigneur les examine.

Le commandant fut conduit dans une salle obscure, éclairée par un léger halo de lumière. Une odeur insoutenable s'en dégageait.

– Quel est leur état ? interrogea Hadarah.

– Pas bon du tout. Elles sont en hypothermie et toutes les deux blessées, mais c'est léger. Leur température m'inquiète le plus. Vu l'odeur, je pense qu'elles sont ici depuis plusieurs semaines. Vu leur état de faiblesse, elles n'ont certainement pas été nourries.

Hadarah lança immédiatement un appel à son second :

– Thérac, nous avons besoin de couvre-corps chauffants, c'est urgent. Rejoins-nous au sous-sol et dis à tes hommes de continuer les recherches.

– Oui, commandant.

Un voile rouge de colère envahit Hadarah. Comment pouvait-on infliger de tels supplices à des êtres aussi frêles et aussi importants dans une société ? Sur Estrella, les femmes représentaient les symboles de l'intelligence, du courage, de la bienveillance et de l'amour maternel. Les hommes les respectaient, prenaient en compte leur avis et les protégeaient. Ces pauvres victimes ne faisaient qu'accroître sa rage envers les arachiss.

– Commandant ? Nous détenons cinq prisonniers, ils se sont rendus volontairement, dit une voix dans l'oreillette d'Hadarah.

– Sécurisez-les dans le vaisseau, loin des victimes. Maintenez une bonne garde, ils vont devoir répondre à nos questions, s'ils tiennent à leur misérable vie, répondit Hadarah.

– Bien, mon commandant, répondit la voix.

Thérac arriva avec les couvre-corps chauffants. Le soigneur enveloppa les jeunes femmes.

– Allons-y, sortons-les de ce trou puant, ordonna Hadarah.

Saona et Sienna furent transportées à l'infirmerie du vaisseau où une équipe médicale les prit tout de suite en charge.

Le scan détecta immédiatement la luxation de Sienna. Quant à Saona, son poignet s'avéra être cassé.

– Quel est leur état ? demanda Hadarah.

– Pas très bon. Elles sont très faibles, mais la température de leur corps augmente. Le pronostic vital d'une des deux est engagé. Elle a une grosse infection pulmonaire. Vous êtes peut-être arrivés juste à temps. Un jour de plus, elle serait morte.

– Connaissez-vous leur origine ?

– Non, mon commandant. Je n'ai jamais vu une telle chevelure. Aucune race dans les galaxies voisines ne possède des cheveux couleur flamme. Pourtant, elles sont humaines, et possèdent un organisme similaire au nôtre.

Hadarah s'approcha de plus près. Il distingua la couleur malgré la saleté recouvrant les cheveux.

– Nous en apprendrons plus lorsqu'elles se réveilleront. Dans combien de temps pourront-elles parler ? demanda le Prince.

– Difficile de se prononcer. Ne devrions-nous pas leur implanter l'interpréteur ?

– Bonne idée, si vous pensez qu'elles sont assez robustes pour le supporter.

– Pour le moment, juste celle au poignet cassé. Nous attendrons demain pour l'autre, si elle survit, elle est trop mal en point actuellement.

– Très bien. Prévenez Estrella pour les préparations d'implantation.

– Nous les hydratons et les nourrissons. Leurs blessures sont soignées. Nous combattons les infections. Je les ai mises en sommeil artificiel afin de reposer leur cerveau et leur corps. Nous devons maintenant attendre qu'elles réagissent à nos traitements, ajouta le soigneur.

– Parfait. Je veux qu'elles restent sous bonne garde, également sur Estrella. Tant que nous ne connaissons pas le ou les commanditaires, elles pourraient toujours être en danger, expliqua Hadarah.

– Entendu, mon commandant.

Hadarah se rendit dans le hangar du vaisseau pour s'entretenir avec les victimes avant de confronter les prisonniers arachiss à leurs crimes.

– Comprenez-vous ? demanda Hadarah.

Ils hochèrent la tête.

– Avant de vous ramener sur votre planète, nous avons besoin de renseignements. Savez-vous pourquoi ils vous ont enlevés ?

Une des victimes s'approcha. Il avait reconnu son sauveur et espérait pouvoir lui fournir des informations.

– Vous êtes le Prince Hadarah. Nous vous remercions de nous avoir porté secours. Je suis Garbik. Nous ne comprenons pas le langage des arachiss et ne connaissons pas la raison pour laquelle nous avons été enlevés. Nous travaillions le sol sur notre planète Gamak, lorsqu'ils sont arrivés. Ils nous ont rassemblés et nous nous sommes réveillés là où vous nous avez trouvés. C'est la première fois que nous arrivons à penser par nous-mêmes. Nous sommes maintenant certains que l'eau que nous recevions était droguée. Nous n'étions pas nourris, mais nous pouvons rester plusieurs mois sans nourriture, seule l'eau est essentielle à notre survie. Nous sommes désolés de ne pouvoir vous donner d'autres informations. Nous vous sommes vraiment très reconnaissants.

Hadarah hocha la tête.

– En arrivant sur Estrella, vous serez transférés sur un autre vaisseau pour vous ramener sur Gamak. Veuillez assurer votre peuple que vous êtes sous la protection du royaume d'Estrella. Nous enquêtons pour arrêter ces criminels.

– Merci, Prince Hadarah.

Le commandant rejoignit les prisonniers arachiss. Il essaya de contrôler sa haine envers le peuple qui avait assassiné sa sœur.

Dès son arrivée, un des arachiss commença à gargouiller un langage incompréhensible, le traducteur le transforma immédiatement pour qu'Hadarah puisse le comprendre et le parler.

– Qui commandite tous ces enlèvements ? demanda-t-il sans préambule.

– Nous l'ignorons. Nous sommes forcés de coopérer sous la menace de tuer nos familles. Plusieurs d'entre nous ont essayé de fuir et ont vu leur famille massacrée sous leurs yeux. Nous ne voulions pas participer à ces actes, nous désirons vivre en paix, mais nous devons protéger nos familles, expliqua un des arachiss.

– Vous n'avez jamais vu le commanditaire ou entendu son nom ?

– Non, mais nous pouvons vous donner quelques noms d'acheteurs, ils vivent sur Dragemione.

– Vous allez nous donner une liste complète des acheteurs que vous connaissez. Ensuite, vous serez envoyé dans la prison d'Estrella. Nous verrons par la suite ce qu'il adviendra de vous.

– Pouvez-vous aider nos familles ?

– Nous ne pouvons rien pour vos familles. Il est hors de question d'intervenir sur votre planète et risquer la vie de mes hommes pour un peuple qui s'acharne à tuer les nôtres.

Hadarah se retourna et mit fin à la conversation. Il devait réfléchir à ces nouvelles informations et prévenir son père.

Chapitre 3

Deux jours s'étaient écoulés depuis l'arrivée du Savisto sur Estrella.

Saona ouvrit lentement les yeux avec l'impression de baigner dans un océan de douceur et de bien-être. Son corps n'était plus endolori, elle se sentait revigorée. Elle ressentait une douce chaleur qui enveloppait son corps.

Une machine joua une douce mélodie. Elle essaya de s'asseoir sur le matelas moelleux, mais se sentit retenue.

– Bonjour, bienvenue sur Estrella, vous n'avez plus rien à craindre. Ravi de vous voir éveillée, ajouta la personne au physique étrange qui venait de pousser le rideau de l'habitacle dans lequel elle se trouvait.

Il mesurait un peu plus de deux mètres dix. La couleur de ses cheveux courts coupés en brosse, rivalisait avec le blanc de son uniforme. Saona n'avait jamais vu des cheveux d'une telle blancheur. Son visage était lumineux avec un nez fin et de toutes petites oreilles. Ses lèvres semblaient recouvertes de rouge à lèvres tellement elles étaient roses, mais sans le rendre pour autant efféminé. Son corps semblait musclé sous sa veste, mais sans exagération.

– Où suis-je ? C'est quoi Estrella ? demanda Saona. Et Sienna, où est-elle ?

– Ne vous inquiétez pas, votre amie va guérir. Elle se remet plus lentement que vous, car elle avait une infection des voies respiratoires. Vous pourrez la voir demain. Elle a encore besoin de repos.

– Son épaule était luxée, mais je ne savais pas la remettre en place, ajouta Saona tristement.

– Ce problème est résolu, de même que votre poignet cassé. Vous devrez porter encore pendant quelques jours votre attelle articulée. Vous pouvez utiliser normalement votre poignet, elle suivra tous les mouvements.

Saona observa son poignet recouvert d'une étrange matière qu'elle ne sentait pas. Elle agita son poignet sans aucune douleur et resta un instant bouche bée.

– J'aimerais m'asseoir, mais je n'y arrive pas.

– Mille excuses, je dois juste appuyer ici, répondit le soigneur en se précipitant près du lit. Voilà, c'est réglé. Essayez maintenant. La retenue était activée pour nous assurer que vous ne risquiez pas de tomber. Votre sommeil semblait parfois très agité.

Saona sentit son dos être relâché. Le comportement du soigneur l'amusait quelque peu. Il paraissait si enclin à ne pas lui causer de désagrément et il s'agitait tel un ressort.

– Sacré système ! marmonna Saona. Mais où suis-je ?

– Depuis deux jours, vous êtes soignée dans le centre de soins du Palais du royaume d'Estrella, dans la galaxie Tarelle. Estrella est le nom de notre planète et de notre capitale. Puis-je connaître votre nom ?

Saona essaya de digérer la nouvelle et de comprendre ce qu'il venait de lui annoncer. Elle retint qu'elle ne se trouvait plus aux USA. Elle pensait bien qu'elle n'était plus sur Terre, mais elle gardait pourtant un peu l'espoir d'avoir tort. En revanche, d'apprendre qu'elle se trouvait dans une autre galaxie, la laissa sans voix.

– Puis-je connaître votre nom ? répéta le soigneur.

– Saona. Saona Brevalle, répondit-elle finalement.

– Saona Brevalle...

– Saona, ça ira très bien.

– Saona, vous souvenez-vous des détails de votre mésaventure, et d'où venez-vous ?

– Je viens de la planète Terre dans la galaxie de la Voie lactée.

De se présenter ainsi à quelqu'un paraissait à Saona totalement absurde.

– Nous ne connaissons pas cette galaxie. Savez-vous comment vous vous êtes retrouvée prisonnière des arachiss ?

– Je ne sais pas ce que sont les arachiss ?

– Ce sont ceux qui vous ont enlevée.

– Cette créature aux yeux rouges globuleux est un arachiss.

– Tout à fait.

– Eh bien non. Avec Sienna, nous ignorons comment nous nous sommes retrouvées dans cet endroit horrible où nous étions retenues. Nous étions toujours épuisées, toujours affamées, et nous avions si froid. La plupart du temps, nous étions endormies. Merci de nous avoir libérées.

– Nous sommes heureux d'avoir pu vous venir en aide. Nous ne connaissons pas votre race. Nous n'avons jamais vu de femelles qui possédaient une telle chevelure couleur flamme, et des yeux aussi verts que la gémalite.

– Qu'est-ce que la gémalite ? demanda Saona intriguée.

– C'est une pierre précieuse et sacrée sur Estrella, de la couleur de vos yeux.

– Une étrange coïncidence ! En ce qui concerne mes cheveux, ils me viennent de mon père. Mais sur Terre, les femmes ont des couleurs de cheveux différentes. Certaines ont même une couleur semblable à la vôtre, mais pas aussi blanche.

Saona se demanda pourquoi elle radotait ainsi. C'était inapproprié et sans intérêt. Mais elle continua.

– D'autres les colorent, ajouta-t-elle.

– Les colorent ?

– Oui, elles changent la couleur de leurs cheveux avec des produits, on en trouve de toutes les couleurs. Certains hommes choisissent aussi de changer leur teinte, expliqua Saona.

– Quelle idée étrange ! Merci pour toutes ces explications. J'aimerais beaucoup continuer cette intéressante conversation, mais je dois reprendre mon travail. Je vais prévenir le commandant Hadarah de votre réveil. C'est à lui et son équipe que vous devez votre liberté. Vous pourrez lui poser toutes vos questions. Puis-je vous apporter une collation ?

– Volontiers, je suis affamée.

– J'espère que nos mets vous conviendront. Ils sont certainement différents de ceux de la planète Terre.

– Je n'ai pas d'autres choix que d'y goûter.

– En effet. Je reviens dans un instant.

– Merci.

– Avec grand plaisir, Saona.

La jeune femme inspira fortement et expira. Elle ne savait quoi penser de la situation dans laquelle elle se trouvait bien malgré elle. Elle était également surprise de parler le même langage que le peuple d'Estrella. Une multitude de questions bouillonnaient dans son cerveau. Est-ce que ces extraterrestres ne représentaient pas un nouveau danger ? Celui-ci avait l'air bien sympathique. Mais devait-elle tout de même se méfier ?

Comment allaient-elles retourner sur Terre, alors qu'ils affirmaient ne pas connaître l'existence de la planète bleue ?

Comment et où allaient-elles vivre ?

Pourraient-elles respirer l'air de cette planète ? Question stupide, puisqu'elle respirait sans aucune aide matérielle, pensa Saona.

– Voici une boisson et un mets léger. Vous devez vous réhabituer à manger. Nous pensons que vous n'avez pas été nourries sur une très longue période.

– Qu'est-ce que c'est ? enquit Saona.

– C'est le jus du fruit nommé Gava. Goûtez.

Saona prit une petite gorgée et fut surprise par le goût qui ressemblait à un mélange de fruits exotiques. Et ce Gava était pour elle particulièrement exotique.

– C'est délicieux. Et ceci ? demanda-t-elle en indiquant un plat de couleur jaunâtre.

– Ce mets se nomme Akrana, c'est un mets dont les enfants raffolent sur Estrella.

Saona prit l'ustensile qui ressemblait à un mélange de cuillère et de fourchette et goûta.

– Oh ! on dirait une purée de carottes et de pommes de terre. C'est vraiment très bon. Merci beaucoup.

– Je suis ravi que vous appréciiez.

– Dites-moi, vous ne trouvez pas étonnant que nous parlions le même langage ? enquit Saona.

– Pas du tout, puisque vous avez reçu l’implant interpréteur.

– Comment ça ? demanda Saona en fronçant les sourcils.

– Eh bien, nous vous avons implanté un interpréteur qui est relié à votre cerveau. Il vous permet de nous comprendre et de nous parler.

Saona sentit la moutarde lui monter au nez. Comment pouvait-on pratiquer une telle chirurgie sans son accord ?

– Quoi ? Vous auriez au moins pu nous demander la permission et attendre de savoir si nous parlions le même langage avant de toucher à notre cerveau ! cria Saona.

– Je suis désol…

– Vous pouvez sortir, je m’en occupe, ordonna Hadarah qui venait d’entrer.

Il attendit que le soigneur soit sorti et s’adressa à Saona.

– Je suis le commandant Hadarah. Je suis désolé que la nouvelle de votre implant vous crée du désagrément.

– Bien plus que du désagrément ! rétorqua Saona.

– J’en suis responsable. J’ai donné l’ordre. Sur notre planète, la majorité de notre peuple porte un implant.

Ce qui nous permet de communiquer avec les autres races de notre galaxie.

– Eh bien sur Terre ! on ne trafique pas le cerveau d'un humain sans son accord ! répondit Saona du tac au tac.

– Il était essentiel que nous puissions communiquer avec vous. L'implant ne présente aucun danger. Votre constitution est semblable à la nôtre, l'opération ne comportait donc aucun risque, rétorqua le commandant.

Hadarah essayait de se montrer patient en expliquant la raison de sa décision. Il comprenait que la jeune femme puisse être effrayée par l'implant. Apparemment sur sa planète, les interpréteurs de ce type n'existaient pas. En tout cas, la jeune femme possédait un fort caractère, ce qui ne déplaisait pas du tout à Hadarah.

Saona fixa le commandant, d'un regard soutenu. Les yeux d'Hadarah semblaient la transpercer. Elle n'avait jamais vu de sa vie des yeux d'un bleu aussi translucide. Comme le soigneur, il avait une chevelure courte d'un blanc immaculé.

La virilité d'Hadarah n'autorisait aucune autre comparaison avec le soigneur. Une stature imposante et musclée dépeignait le combattant. Un visage carré, un nez aquilin, des lèvres charnues qui donnaient envie de l'embrasser. Le prince arborait un charisme indéniable. Le charme du commandant captivait totalement Saona.

– Vous m'entendez ? enquit Hadarah

– Oui, excusez-moi.

Saona tenta de reprendre le fil de la conversation et d'effacer les pensées inappropriées en la circonstance.

– Je suis désolée, mais sur Terre toutes les opérations qui concernent le cerveau sont très délicates et peuvent laisser des séquelles. La peur m'a fait réagir ainsi.

Le cœur de Saona battait à cent à l'heure et elle ignorait pourquoi, enfin pas tout à fait.

– Je peux comprendre vos craintes. Votre planète est certainement bien différente d'Estrella. Mais sachez que personne ne vous fera de mal. Vous êtes maintenant en sécurité. Nous vous avons porté secours par hasard, mais vous êtes maintenant sous notre protection. J'imagine que vous ne nous faites pas confiance, puisque vous ne nous connaissez pas. Mais nous ferons tout pour vous prouver que les Estrelliens sont des êtres bien intentionnés, même si nous ne sommes pas parfaits.

Saona se sentait mitigée. Elle ne savait pas si elle pouvait leur faire confiance. Les Estrelliens les avaient tout de même sorties du trou à rat. Sans eux, elles seraient sans doute mortes. Rien que d'y penser, lui donna la chair de poule.

– Merci, de nous avoir secourues, exprima-t-elle avec sincérité et gratitude.

– Croyez-moi, nous en sommes vraiment très heureux. Puis-je vous poser quelques questions ? demanda Hadarah.

– Oui, bien sûr. Je n'ai rien à cacher.

– Vous vous appelez Saona et votre amie Sienna, d'après le soigneur et vous venez de la planète Terre dans la galaxie de la Voie lactée, n'est-ce pas ?

– C'est exact.

– Depuis combien de temps étiez-vous avec les arachiss ?

– Je n'en ai aucune idée. Je ne me souviens même pas comment ils m'ont enlevée. Nous sommes restés quelque temps dans le noir, mais impossible de savoir si ce fut des heures ou des jours, voire des semaines. Puis, ils nous ont offert un peu de lumière pour nous permettre de voir le bol d'eau que la créature nous apportait. Nous dormions beaucoup, nous souffrions et étions frigorifiés. Honnêtement, je n'ai aucune idée du laps de temps qui s'est écoulé depuis notre départ de la Terre.

– Que signifie frigorifié ? demanda Hadarah dont le traducteur ne trouvait pas la signification.

– Avoir très froid.

– D'accord. Avez-vous vu d'autres personnes à part les arachiss ?

– Non. C'était, je pense, toujours le même qui nous apportait de l'eau.

– Cette eau était droguée. Ils s'assuraient ainsi que vous ne chercheriez pas à vous évader. Les soigneurs vous ont sevrées de cette drogue. Les arachiss sont assez fragiles et pas très malins. Ce sont des fantoches asservis par un commanditaire que nous ne connaissons toujours pas. Il les utilise, car ils sont nombreux et interchangeables.

– C'est horrible !

– Oui. Apparemment, le commanditaire des enlèvements utiliserait leur famille pour les asservir. Mais nous ne pouvons pas le vérifier à l'heure actuelle.

– Mais pourquoi aller dans d'autres galaxies pour ces enlèvements ?

– Parce que dans la Galaxie Tarelle la vente d'esclaves et d'organes est punissable de mort.

– Vente d'organes ?

– Oui. Certains privilégiés provenant d'autres planètes de la galaxie dépensent leur argent pour changer d'apparence ou remplacer des organes défaillants.

– Vous pensez que nous étions vouées à être découpées ?

L'horreur se reflétait sur le visage de Saona devant une telle révélation.

– Malheureusement, c'est une possibilité. Fort heureusement, nous vous avons découverts. Restez assurée d'être désormais en sécurité. Soyez la bienvenue sur Estrella.

– Merci. Mais qu'allons-nous devenir ? Pouvons-nous rentrer sur Terre ? Comment allons-nous vivre ? Nous ne possédons plus rien.

Saona se sentait perdue et anxieuse. Comment pourrait-elle vivre sur une autre planète ?

– Le royaume va vous prendre en charge. Vous ne devez pas vous inquiéter. Nous n'abandonnons jamais les êtres que nous secourons.

– Difficile de ne pas être inquiète, après avoir été kidnappée, avoir atterri sur une autre planète, dans une autre galaxie, avoir maintenant un implant dans la tête, pardonnez-moi, mais ça fait beaucoup de choses à digérer.

– Je ne peux pas imaginer ce que vous pouvez ressentir. Je peux seulement vous assurer que nous ne vous abandonnerons pas, vous et votre amie. En ce qui concerne la Terre, je suis désolé, mais nous ne connaissons pas votre galaxie.

– Altesse ?

Hadarah fit volteface, surpris de l'arrivée inopinée de sa cousine.

– Theavide ? Que fais-tu ici ?

Chapitre 4

– Je viens d'être informée qu'une des femelles était réveillée. Je venais constater son état avant de la transférer dans l'unité de recherche, expliqua Theavide.

– Quoi ? Il est hors de question de les transporter dans ton laboratoire. Sortons ! ordonna Hadarah en poussant Theavide à l'extérieur.

Mais Saona pouvait toujours les entendre. Elle se demandait ce que tout cela signifiait et qui était cette femme.

– Pourquoi penses-tu pouvoir les étudier comme des bêtes de laboratoire ? demanda Hadarah, atterré par une telle demande.

– Ton père m'en a donné l'autorisation, répondit froidement Theavide.

– Tu mens ! Il en est hors de question ! rétorqua froidement Hadarah. Ce sont des êtres humains sous MA protection ! Est-ce que tu m'as bien compris ? J'en parlerai à mon père. Je suis responsable de la sécurité de tous les habitants d'Estrella ! Saona et Sienna sont désormais des estrelliennes ! Alors, garde tes distances ! ajouta-t-il d'un ton menaçant.

– Je ne reçois pas d'ordres de toi, tu n'es pas encore roi ! rétorqua Theavide.

– Tu peux sans doute manipuler mes parents en jouant sur leurs sentiments parce que Nadah n'est plus là, mais tu n'arriveras pas à tes fins avec moi, quelles qu'elles soient !

– Je ne fais que mon travail ! argua Theavide.

– Ton travail ?

– Oui, les expériences sont importantes pour l'avenir de tous ! Mes scientifiques sont les meilleurs de la galaxie, précisa Theavide.

– Personne ne sait ce que tu manigances dans ce laboratoire, mais je finirai par le découvrir.

– Personne, à part le roi, n'est autorisé à y pénétrer pour la sécurité de tous.

– C'est bien pour cela que je crains le pire ! Je ne me répéterai pas, Theavide. Toi et tes scientifiques ne vous approchez pas de ces femmes ou tu pourrais le payer très cher.

– Je suis conseillère royale, tes menaces ne m'effraient pas !

– Tu n'es rien du tout ! Juste une cousine que mes parents ont eu la gentillesse de recueillir. Ton autorité est celle que nous voulons bien t'accorder, ajouta Hadarah d'un ton condescendant. Si tu t'approches de Saona ou de Sienna pour autre chose que la bienséance, je détruirai ton laboratoire ! Tu as de la chance qu'il existe encore et ce ne sont pas des menaces, mais des promesses !

– Très bien, je vais rendre compte à ton père de ton comportement.

– Ne te gêne surtout pas, mais souviens-toi, je suis le Prince héritier et mon pouvoir peut te détruire…

Theavide opéra un demi-tour, les joues rouges de colère. Le refus d'Hadarah risquait de coûter cher à la jeune femme…

Hadarah inspira profondément pour calmer sa fureur. Theavide avait le don de le pousser à bout. Il ne la supportait plus. Elle était intrigante, hypocrite, malveillante et manipulatrice. Parfois, il se demandait pourquoi et comment ses parents ne remarquaient pas à quel point elle était maléfique. Même si ces derniers temps, ils commençaient à réaliser que Theavide avait un comportement inapproprié sur de nombreux sujets. Il soupira et retrouva Saona.

Il éprouvait des sentiments étranges à l'égard de la jeune terrienne. Son regard gémalite l'hypnotisait, sa chevelure de feu l'intriguait. La couleur des cheveux des estrelliens était la même pour tous ; blanche. Sous les draps, il discernait un joli corps bien proportionné. La chaleur qu'il ressentait dans tout son être prouvait que la jeune femme ne le laissait pas indifférent, mais l'attirait. Hadarah n'avait jamais de sa vie ressenti une telle attraction.

– Altesse ?

– Oui.

– Vous êtes un prince ?

– Oui. Je suis le fils et prince héritier du roi d'Estrella, mais avant tout je suis le commandant en chef Hadarah.

– Waouh ! Je n'ai jamais rencontré de prince auparavant.

– Voilà qui est chose faite, répondit Hadarah en souriant. Je vous prie de me pardonner pour la présence inappropriée de Theavide.

– Qui est-elle ?

– Une cousine que mes parents ont recueillie lorsqu'elle a perdu les siens. Elle pense, à tort, pouvoir régner sur Estrella. Theavide s'est proclamée conseillère royale et pense pouvoir dicter sa loi. Malheureusement, mes parents n'y voient aucun mal. Ils ne réalisent pas à quel point elle est sans scrupule. Mais revenons à vous et votre amie. De quoi avez-vous besoin ?

Saona réfléchit. Quelle était l'urgence ?

– Nous n'avons pas de vêtement et pas de chaussures. Si vous pouviez nous en fournir. Quelque chose de simple suffira.

– Aucun souci. Nous allons vous apporter le nécessaire avant de vous escorter dans votre chambre et le reste vous sera délivré plus tard.

– Merci.

– Si vous vous en sentez capable, ce soir au dîner, je vous présenterai mes parents.

– Le roi et la reine ?

– Oui.

– Mais pourquoi ?

– Parce que mes parents seront ravis de rencontrer une terrienne. Le roi et la reine d'Estrella sont les ambassadeurs de notre galaxie. Ils accueillent tous les nouveaux venus par respect pour leur planète. Je suis persuadé que votre venue les ravira. Ils reçoivent très peu.

Et c'était peu dire, depuis la disparition de leur fille Nadah, le couple royal s'était totalement retranché de la vie sociale. Même si les estrelliens comprenaient les raisons de leur absence publique, Hadarah pensait qu'ils devaient se divertir. La présence de Saona leur ferait le plus grand bien. Il ne pouvait expliquer le pourquoi, mais il en était convaincu.

– Oh ! Mais n'y a-t-il pas un protocole à respecter ?

– Non, pas pour leur fils et son invitée.

– Dans ce cas, j'en serai ravie. Merci beaucoup et encore merci de nous avoir sauvées d'une mort horrible. Je me répète, mais je ne sais pas comment vous prouver ma gratitude.

– Vous n'avez pas à nous remercier. À ce soir, Saona. Je viendrai vous chercher dans vos appartements. Une dernière chose. Ne vous inquiétez pas pour les gardes. Vous n'êtes pas prisonnière. Ils sont là pour votre sécurité et vous pouvez leur demander tout ce dont vous avez besoin. Ils font partie de mon équipe et vous seront totalement dévoués.

– Merci, Altesse. Je suis vraiment touchée de toutes ces attentions.

– Je vous en prie et pas d'Altesse entre nous, appelez-moi Hadarah. Vous êtes également libre de sortir, mais vos gardes resteront toujours près de vous.

– Je comprends, pour ma sécurité…répondit Saona. *Et aussi pour la vôtre*, pensa-t-elle.

Elle comprenait qu'en tant qu'étrangère, elle ne pouvait pas se promener dans le palais sans gardes. Elle se doutait bien que la sécurité autour du couple royal devait être importante. Ils avaient certainement des ennemis. Saona ne s'inquiétait pas pour Hadarah. Le commandant saurait se défendre. Il avait le port et l'attitude d'un guerrier.

Le soir même, Saona se prépara pour le dîner royal. Invitée à souper avec le couple royal, cela semblait vraiment invraisemblable pour une jeune femme de milieu si modeste. L'anxiété ne la quittait pas. Tout lui paraissait si irréel.

Elle n'avait non pas découvert une chambre, mais un immense appartement. Meublé dans un style très sobre et très moderne avec des meubles et des objets dont elle ignorait l'utilité. Un des gardes lui avait gentiment expliqué le fonctionnement entre autres, de la salle de rafraîchissement, autrement dit la salle de bain.

Divers vêtements furent livrés à l'attention de Saona et Sienna. Saona fut invitée à porter le dernier arrivé, pour le dîner. Elle suivit les instructions à la lettre, ne désirant pas offenser le couple royal ou Hadarah.

Elle venait de terminer de se préparer. Elle portait à présent une robe satinée vert-émeraude de la couleur de ses yeux. La création tombait à hauteur des genoux et épousait parfaitement les formes de la jeune femme, ce qui surprit Saona. Encore une nouvelle question, comment pouvait-on connaître sa taille ? Tout paraissait si simple sur Estrella, ce qui pouvait sembler très curieux.

Pour compléter sa tenue, elle enfila des mules à talon lui rappelant des babouches. La tenue délicate et légère était très confortable, mais également habillée, et assez chic. Saona n'avait jamais possédé ce genre de vêtements, très éloigné de son style décontracté.

Elle se positionna devant un miroir Psyché pour se coiffer. Elle décida de laisser ses cheveux libres. Elle avait éprouvé tant de plaisir à les laver et à se sentir si propre après les semaines d'horreur dans la crasse et l'horrible odeur. De jolies boucles rousses enveloppaient son visage. Son teint de porcelaine semblait plus pâle qu'à l'accoutumée, mais ce n'était pas choquant.

Deux coups furent frappés à la porte de l'appartement.

– Entrez, invita Saona.

Hadarah s'approcha et la salua. Il était vêtu d'un costume ressemblant à un uniforme de la même couleur que la robe de la jeune femme.

– Vous êtes ravissante, déclara Hadarah ébloui par l'apparence de Saona qu'il voyait pour la première fois, habillée et debout.

– Merci. Vous êtes très élégant, cette couleur vous va à ravir, ajouta-t-elle avec un sourire.

– La Gémalite est un joyau sacré sur Estrella. Nous aimons porter ses couleurs, expliqua le commandant.

– Il faudra m'expliquer ce que cette pierre a d'exceptionnel, commenta Saona.

– Bien sûr. Êtes-vous prête ?

– Oui, répondit simplement la jeune femme.

Hadarah offrit son bras à Saona. Elle le prit avec plaisir et ressentit des frissons parcourir tout son corps. Le commandant dégageait une énergie puissante, mais également emplie de douceur dans son comportement et son regard. Pourtant, avec des yeux si translucides, il aurait pu paraître froid, mais son visage souriant apportait de la chaleur. Une belle combinaison pour un tel homme.

Le charme d'Hadarah ne laissait pas Saona indifférente et son physique athlétique et robuste non plus.

Les gardes escortèrent le couple jusque dans la salle où serait servi le dîner.

Le roi et la reine se retournèrent à leur arrivée ainsi que Theavide dont la bouche se tordit dans un détestable rictus. Saona l'ignora et se concentra sur le sourire radieux du couple royal. De prime abord, ils semblaient accueillants et chaleureux.

– Père, mère, j'aimerais vous présenter Saona Brevalle, de la planète Terre.

– Mais quelle splendide créature ! commenta le roi en souriant. Pardonnez-moi cette expression, mais je n'ai jamais vu dans toute la galaxie une telle chevelure et un tel regard.

Saona sourit, mais ne sut que répondre. Elle savait qu'elle n'était pas laide, mais de son avis, elle ne se trouvait pas particulièrement jolie. Splendide créature, ce terme ne semblait pas approprié, elle préféra se taire.

– Veuillez pardonner à mon époux son commentaire inapproprié. Parfois, il oublie les convenances, expliqua la reine.

Cette dernière s'approcha d'elle et lui donna une accolade. Saona fut choquée d'une attitude si amicale venant d'une personne de la haute classe. La reine la dévisagea un instant avant de déclarer :

– Vos yeux sont de la couleur de nos plus belles gémalites. Il inspire la grâce, la douceur et une force de caractère. Soyez la bienvenue sur Estrella, nous sommes ravis de vous accueillir, ainsi que votre amie, il va de soi. Notre fils nous a beaucoup parlé de vous et de votre horrible expérience. Nous espérons qu'avec le temps, vous vous sentirez chez vous sur Estrella, ajouta la reine.

– Je vous remercie de votre accueil. Je suis vraiment très touchée par votre bienveillance.

– Passons à table, déclara le roi. Jeune fille, approchez. Vous êtes un véritable rayon de soleil, n'ayez aucune crainte, vous êtes la bienvenue au palais et sur Estrella.

– Merci infiniment.

Hadarah accompagna Saona près du roi devant le regard assassin de Theavide. La jeune femme prit place et Hadarah s'assit près d'elle. La cousine n'appréciait pas d'être ignorée.

– Parlez-nous de vous, Saona, demanda la reine.

– Oui, racontez-nous votre vie, ajouta Theavide.

Saona l'ignora et sourit à la reine. Décidément, cette cousine ne lui inspirait pas confiance.

– Je suis originaire d'une petite ville de Picardie, une région de mon pays, la France, sur la planète Terre.

Depuis mon enfance, je me suis intéressée aux différentes cultures et langages du monde. J'ai donc appris plusieurs langues, car sur Terre, nous ne possédons pas d'interpréteurs comme les vôtres. Notre technologie est archaïque en comparaison de celle d'Estrella. Mes parents sont décédés l'année dernière et j'ai décidé de faire le tour du monde. Je visitais un pays que l'on appelle l'Amérique, lorsque les arachiss m'ont kidnappée.

– Que faisiez-vous là-bas ? questionna Theavide.

– De la randonnée, je découvrais les paysages d'un parc national.

– Qu'est-ce que la randonnée ? demanda la Reine.

– De la marche en pleine nature. C'est très agréable et vivifiant.

– De quoi viviez-vous, vous profitiez des gens ? demanda Theavide.

Saona fut choquée par de telles insinuations. Elle qui craignait se montrer inconvenante, aurait pu donner des cours de savoir-vivre et de convenance à Theavide.

– Theavide ! je n'apprécie pas ce genre de commentaires vis-à-vis de notre invité, déclara le roi.

L'intervention du roi fut très appréciée de Saona.

– Ce n'est pas grave votre majesté. Je crois que Theavide pense que je suis une profiteuse. Sachez que j'ai travaillé pour payer mes études, ensuite j'ai trouvé un emploi. Puis je suis partie avec mes économies. Je n'ai jamais profité de qui que ce soit ni demandé d'aide à ma famille. Je n'ai pas demandé non plus à être kidnappée.

– Mais vous l'avez cherché en vous promenant seule ?

Cette fois, elle allait trop loin et Saona se contrôlait pour ne pas exploser.

– Theavide, cela suffit. Je ne comprends pas ce comportement et je te prierai de présenter tes excuses à Saona ! déclara la Reine.

– Je ne présenterai pas d'excuses à une opportuniste.

– Dans ce cas, tu peux nous laisser, avisa la reine.

– Mais…

– Pas de mais ! tu as entendu ta reine ? demanda le roi.

Interloquée, Theavide fixa le roi et la reine. Comment pouvaient-ils prendre la défense de la terrienne ? Écœurée par leur prise de position, et pour ne pas risquer d'envenimer la situation, elle abandonna la partie…

– Oui. Je vous laisse, répondit Theavide.

Elle se leva et sortit comme une furie.

– Je suis vraiment désolée, je ne comprends pas ce qui lui a pris, commenta la Reine.

– Ce n'est pas important. Je préfère ignorer la méchanceté gratuite et me focaliser sur votre chaleureux accueil. Mais je vous suis infiniment reconnaissante d'être intervenu en ma faveur.

– Mon enfant, vous êtes la bienvenue, de même que votre amie, soyez-en persuadée, précisa la reine.

Elle était sincère et désirait que la jeune terrienne se sente chez elle. La reine avait observé le regard de son fils sur Saona. Il lui portait apparemment un grand intérêt.

– Theavide n'a pas apprécié que je l'empêche d'emmener Saona dans son laboratoire, déclara finalement Hadarah.

Il pensa que le moment était bien choisi pour que ses parents se rendent enfin compte de la malfaisance de Theavide.

– Par tous les dieux, pourquoi voudrait-elle l'emmener dans cet endroit ? demanda la reine horrifiée.

– Pour effectuer des recherches sur une nouvelle race, rétorqua Hadarah froidement.

– Quelle horreur ! Cette fois, cela va trop loin ! Je n'ai jamais voulu écouter les rumeurs sur les activités douteuses de Theavide. Je pensais qu'elles étaient infondées et provenaient de personnes jalouses de son statut au sein de notre famille. Mais je pense que nous devons mettre un terme à l'existence de ce laboratoire, déclara la Reine.

– Je suis de ton avis, ma chère épouse. Nous avons donné trop de liberté à Theavide.

– Je le crains. Nous avons reporté notre amour pour Nadah sur Theavide. Je pense qu'elle en profitait. Et toi, mon fils, nous t'avons oublié. Crois bien que j'en suis désolée, Hadarah, ajouta la Reine.

– La perte de Nadah a été horrible et je comprends, répondit Hadarah.

– Oui, mais nous avons un fils que nous avons délaissé. Nous n'avons pas pris en compte ton chagrin. Mais c'est terminé. Demain, je veux que tu inspectes ce laboratoire de fond en comble et que tu en interdises l'accès. J'attendrai ton rapport et nous déciderons de l'avenir de Theavide. Ma chère enfant, je suis désolé de gâcher votre soirée. Heureusement qu'Hadarah était présent pour l'empêcher de vous amener dans cet endroit. J'aimerais que tu affectes des gardes à Saona et son amie, demanda le roi.

– Ils sont déjà assignés. Étant donné leur enlèvement, j'ai préféré assurer leur sécurité.

– Très bonne décision. Maintenant, reprenons notre repas dans la bonne humeur et apprenons à connaître cette délicieuse jeune femme, déclara le roi.

Saona sourit, soulagée. Elle n'avait pas l'habitude de ce genre de problèmes familiaux et se sentait mal à l'aise. Apparemment, même à des années-lumière, les soucis et les disputes existaient aussi au sein des extraterrestres.

Chapitre 5

Le lendemain matin, au grand bonheur de Saona, les gardes l'accompagnèrent au chevet de Sienna sur les ordres d'Hadarah.

La fin de soirée fut très agréable. Le roi et la reine se montrèrent des hôtes simples, très abordables et avec beaucoup d'humour.

Hadarah avait raccompagné Saona en la remerciant d'avoir accepté son invitation à dîner et s'était excusé pour le comportement de Theavide. Il avait expliqué que s'il n'était pas intervenu lors des propos de sa cousine, c'était parce qu'il désirait que ses parents se rendent compte de sa malveillance. Contre toute attente, il avait été heureux de constater le changement radical du roi et de la reine au sujet de Theavide. Ce qui le surprit réellement. Depuis des mois, il essayait de leur montrer le vrai visage de sa cousine, mais ils prenaient toujours sa défense.

Hadarah confia à Saona qu'il se réjouissait de voir que cette fois, Theavide était allée trop loin et venait de perdre la confiance de ses parents.

Saona était restée perplexe. Elle avait l'impression d'avoir servi d'appât sans en être informée et ne savait pas vraiment comment réagir à cette situation. Heureusement, le sujet de la cousine fut évité le reste de la soirée.

Durant la nuit, la jeune femme fut agitée par des rêves étranges, mais au réveil elle se sentit fraîche et reposée. Elle en conclut qu'ils n'étaient pas importants.

Saona se réjouissait de revoir Sienna, elle avait tant de choses à lui raconter.

Sa jeune amie sourit lorsqu'elle entra, soulagée de voir enfin une tête connue.

– Saona ! Comme je suis heureuse de te revoir. Tu sembles être en pleine forme.

– Je le suis. Je suis ravie de constater que tu te sentes mieux. J'étais inquiète. Comment va ton épaule ?

– Très bien, je n'ai plus aucune douleur. Ils font des miracles ici. Je ne tousse même plus et je me sens vraiment en pleine forme. Approche et raconte-moi. Je n'ai eu que peu d'informations de la part des soignants. Je sais seulement que nous sommes sur Estrella, ajouta Sienna.

Saona s'installa sur une chaise et prit une forte inspiration avant de relater tout ce dont elle avait appris ses dernières heures.

– Estrella est le nom de la planète et de la capitale. Le commandant Hadarah et son équipe nous ont libérées des arachiss, ces créatures aux yeux rouges et globuleux. Ils nous ont ramenées ici dans la galaxie Tarelle. Tu réalises ? nous sommes dans une autre galaxie ! Mais ce n'est pas tout. Le commandant Hadarah s'avère être le fils du roi d'Estrella.

– Non !

– Si. Et hier, j'ai dîné avec Hadarah et ses parents après que l'horrible cousine Theavide se fasse virer du dîner.

– Attends, tu vas trop vite. Tu as dîné avec la famille royale ? enquit Sienna, surprise par l'information.

– Oui.

– Le roi et la reine ?

– Exactement, c'était si je puis dire vraiment spécial et intéressant, mais aussi très agréable, précisa Saona.

– OK. Mais qui est cette cousine Theavide ?

– Une horrible femme, la cousine d'Hadarah. Elle a un laboratoire et voulait nous y emmener pour nous étudier ou nous disséquer, va savoir.

– Quelle horreur !

Sienna en avait la chair de poule et froid dans le dos à l'évocation de dissection.

– Mais, Hadarah l'en a empêché. Il est formidable. Le roi et la reine ont ordonné la fermeture du laboratoire. C'est Hadarah qui s'en occupe avec son équipe. Je pense que c'est pour cela que tu ne l'as pas encore rencontré, expliqua Saona avec un large sourire.

– D'accord. Une bonne chose de faite. Mais comment allons-nous rentrer sur Terre ?

– Je crains que ce soit impossible. Ils ne connaissent pas notre galaxie, expliqua Saona.

– Mais les créatures ara… je ne sais quoi peuvent y aller ! Pourquoi ne pas les interroger ?

– Je crois que c'est ce qu'ils font. En attendant d'en savoir plus, je pense que nous devrions nous habituer à l'idée de vivre sur Estrella.

Des larmes roulèrent sur les joues de Sienna.

– Ne soit pas triste, Sienna. Le roi et la reine ont promis de ne pas nous abandonner.

Saona essaya de réconforter sa nouvelle amie. Elle comprenait fort bien ce qu'elle pouvait ressentir après l'annonce qu'elle ne pourrait jamais retourner chez elle.

– Tu ne comprends pas. Mes parents doivent croire que je suis morte. J'ai eu une terrible dispute avec mon père. Il ne voulait pas que je parte seule. Il m'a dit que j'étais inconsciente et égoïste et que je me moquais de son inquiétude quant à ma sécurité. Et moi, j'ai répondu que je n'étais plus un bébé et que j'avais le droit de vivre ma vie. Maintenant, ils doivent s'imaginer le pire en ne sachant pas si je suis morte ou vivante.

– J'imagine que cela est horrible pour eux de ne pas savoir. Malheureusement, à l'heure actuelle, nous ne pouvons rien faire, mis à part attendre et espérer trouver une solution.

– Mais où allons-nous vivre ? Et de quoi ? demanda Sienna en sanglotant.

– Nous avons un appartement au Palais. J'y ai dormi cette nuit. Ils nous ont livré des vêtements et nous apportent nos repas.

– Je ne veux pas dépendre du bon vouloir de quelqu'un pour me nourrir, surtout après ce que nous venons d'endurer, déclara Sienna cette fois en colère.

– Calme-toi. Je suis certaine que cela est temporaire, nous allons trouver une solution. Je dois aussi t'avouer quelque chose, je ne sais pas ce que tu vas en penser.

– Vas-y !

– Eh bien, les Estrelliens ne parlent ni anglais ni français.

– Mais, ce n'est pas possible, je les comprends !

– C'est parce qu'ils nous ont implanté un interpréteur qui nous permet de comprendre et de parler leur langue. L'implant capte le langage. Je ne sais pas comment t'expliquer. C'est très étrange, en ce moment, je ne sais pas si je te parle en anglais ou en estrellien.

– Où est cette chose ? demanda Sienna de plus en plus effrayée.

– Derrière notre oreille, elle est minuscule et elle est reliée à notre cerveau, expliqua Saona.

– Ils nous ont opéré le cerveau ? Mais de quel droit ? demanda Sienna horrifiée.

– Je sais, j'ai eu la même réaction. Ils voulaient s'assurer que nous puissions les comprendre et vice versa. Apparemment, tous les adultes estrelliens ont un implant. Je t'avoue que cela m'a rassurée, mais j'étais tout de même en colère.

Sienna resta bouche bée, les yeux écarquillés, et s'affaissa dans son lit.

– Écoute, Sienna, nous sommes en vie et en bonne santé, focalisons là-dessus. Nous avons de la chance dans notre malheur.

Saona avait eu le temps de réfléchir et essayait de relativiser sur la situation.

– Sûrement, mais ça fait quand même beaucoup de choses à digérer.

– Je suis bien d'accord, mais nous ne devons pas nous laisser abattre. Nous avons survécu à des monstres et nous sommes accueillies par de bonnes personnes, enfin de gentils extraterrestres. Ça pourrait être pire.

– Ce n'est pas faux, convint Sienna.

– Alors haut les cœurs ! Tu n'es pas seule, nous allons nous en sortir. Donnons-nous un peu de temps pour connaître la direction de notre avenir.

– De toute façon, nous n'avons pas d'autres choix, admit Sienna.

– Je t'ai apporté des vêtements. Les gardes vont nous conduire à l'appartement. Si tu t'en sens la force, ensuite, nous pourrons visiter le parc du palais.

– Les gardes ?

– Ils sont là pour notre sécurité. Hadarah ne veut pas risquer une nouvelle tentative d'enlèvement. J'allais oublier, nous sommes considérés comme des joyaux.

– Des joyaux ? Mais pourquoi ? demanda Sienna curieuse de connaître la raison d'un tel surnom.

– À cause de nos yeux. Ils ont la même couleur que la Gémalite qui se trouve être une pierre précieuse et sacrée sur Estrella.

Sienna éclata de rire.

– Je ne me sens pas du tout précieuse, j'ai plutôt l'impression d'être un caillou qui a ricoché sur une planète inconnue.

– Comme je te comprends. Tu te sentiras mieux lorsque tu auras pris un bon bain et surtout lorsque tu auras lavé tes cheveux avec leur divin shampooing. Crois-moi sur parole. J'ai eu l'impression que la mousse me massait le crâne.

– Si tu le dis…

Sienna ne semblait pas convaincue et l'état de ses cheveux représentait le dernier de ses soucis.

– Allez, habille-toi !

****

Pendant que Sienna se décontractait dans son bain, son amie observait de la fenêtre l'immense parc entourant le château.

Des arbres gigantesques tels des saules pleureurs apportaient de l'ombrage. Des allées serpentaient dans toutes les directions, bordées par des fleurs de toutes tailles et d'une multitude de couleurs.

Des animaux, étranges aux yeux de Saona, gambadaient de part et d'autre de larges buissons. De la hauteur d'un chien de taille moyenne, une fourrure blanche comme les premières neiges recouvrait leur corps. Leurs oreilles ressemblaient à celles des lapins et se dressaient au moindre bruit. Ils s'enfuirent soudainement et se cachèrent dans les buissons.

Theavide venait d'apparaître et marchait à vive allure vers la sortie du parc. Elle s'arrêta brusquement, fit volteface et fixa la fenêtre de Saona. La jeune femme ne distinguait pas l'expression de son visage. Theavide se retourna et reprit son chemin. Elle disparut derrière les arbres.

– Cette femme est vraiment maléfique. Pas étonnant que les animaux la fuient, commenta Saona.

– Que dis-tu ? demanda, Sienna.

– Oh rien ! je viens juste de voir Cruella, enfin Theavide. Elle avait le diable aux trousses, pourtant je suis certaine qu'ils sont comme les deux doigts de la main ces deux-là.

– Tu ne l'aimes vraiment pas la cousine.

– Non. Mon instinct me dicte de me méfier d'elle. Je ne la sens pas du tout, ajouta Saona. Je pense qu'elle cache quelque chose.

– Tu as sans doute raison.

– D'après ce qu'Hadarah m'a confié, elle est très avide de pouvoir. Bon ! arrêtons de parler de cette furie. Comment te sens-tu ?

– Tu avais raison pour le shampooing, il est fabuleux. Je me sens en pleine forme ! Je ne ressens plus aucune douleur à mon épaule, comme si je n'avais jamais eu de luxation. Je respire sans aucun souci et c'est un sacré soulagement. Je pensais que j'allais mourir asphyxiée, ajouta Sienna.

– Que dirais-tu de prendre l'air dans ce magnifique parc ? enquit Saona.

– Oh oui ! superbe idée !

– Alors en route !

Sienna et Saona se sentaient revivre au milieu de cette fabuleuse nature. Le parc était entretenu tout en gardant une partie très naturelle. Les deux jeunes femmes furent surprises par l'arrivée de la reine.

– Bonjour, Saona. Bonjour, Sienna, je présume. J'espère que ma compagnie ne vous dérange pas.

– Non, pas du tout. Sienna, je te présente la reine, indiqua Saona.

– Mon prénom est Émaline, précisa la reine.

– Je n'oserais jamais vous appeler par votre prénom, Majesté. Sur Terre, nous devons respecter un certain protocole avec les familles royales, même si je n'en ai jamais rencontré, précisa Saona.

– Eh bien, mon enfant, sur Estrella, ce genre de protocole s'adresse essentiellement lors de rencontres officielles avec des ambassadeurs d'autres planètes ou d'autres membres de familles royales. Entre nous, pas de tout cela. Alors, n'hésitez pas à m'appeler par mon prénom. Celui du roi est Namir.

– Très bien, Ma.., Émaline, acquiesça Saona.

– Comment trouvez-vous notre parc ? enquit la reine.

– Somptueux et incroyable, répondit Sienna.

– Avez-vous fait connaissance avec les cokwalins ?

– Non, mais je pense les avoir vus. Ils sont tout blancs avec de grandes oreilles ?

– Oui, ce sont eux, confirma Émaline.

– Ils ont l'air d'être adorables, mais je ne les ai vus que de loin, ajouta Saona.

– Ils sont aussi très intelligents et très affectueux. Parfois, ils entrent dans le palais pour réclamer de la nourriture ou pour se mettre à l'abri du mauvais temps. Mais, en général, ils préfèrent l'extérieur.

– Ils se sont sauvés lorsqu'ils ont vu Theavide.

– Vous avez vu ma nièce ? demanda la reine.

– Oui, elle semblait pressée. Je l'ai vue presque courir vers la sortie du parc, précisa Saona.

– Si vous voulez bien m'excuser, je dois prévenir le roi. Il la cherche et je pense que c'est important, ajouta la reine.

Émaline se pressa de rentrer au château.

– Je me demande bien ce que la cousine a encore fait, commenta Sienna.

– Sûrement rien de bon. Mais allons voir les cok…, mince ! j'ai oublié leur nom.

– Les cokwalins, je crois, tenta Sienna.

– Oui, c'est ça.

Chapitre 6

Hadarah se tenait face à son père dans son bureau lorsque la reine fit son entrée.

– Namir, je me promenais dans le parc avec Sienna et Saona. Cette dernière m'a dit avoir vu Theavide.

– Quand ? demanda le roi.

– Il y a peu de temps, je pense. Elle sortait du parc pratiquement en courant. J'aimerais avoir une explication sur ce qu'il se passe. Pourquoi la cherches-tu ? Je pensais que tu désirais avoir une conversation avec elle au sujet du dîner, mais cela ne concerne pas son comportement d'hier, n'est-ce pas ?

– Non, Émaline. C'est beaucoup plus grave.

– C'est au sujet de ce laboratoire ? enquit la reine.

– Oui. Hadarah a découvert de monstrueuses expériences dans son laboratoire. Il a interpellé tous ceux qui travaillaient pour elle. Ils sont interrogés à l'heure actuelle. Tu ne peux même pas imaginer les ignominies qu'elle a commises et dont je t'éviterai les détails, ma douce épouse. Sache néanmoins que Theavide est la commanditaire des enlèvements et d'atroces expériences. Si je la recherche, c'est pour qu'elle soit jugée pour tous ses crimes.

La reine s'écroula sur une chaise, choquée par la nouvelle. Hadarah accourut tout de suite près d'elle.

– Mère, te sens-tu bien ?

– Non, Hadarah, pas bien du tout. Tout ceci est notre faute. Nous lui avons tout donné. Elle a abusé de nous pour commettre tous ces crimes. Si tu n'avais pas trouvé Saona et Sienna, elle aurait continué. Comme nous avons été aveugles, mon fils.

Émaline se mit à sangloter.

– Mère. Il n'y a qu'une responsable : Theavide. Oui, vous lui avez tout donné, mais pas pour qu'elle commette des activités impardonnables. Vous ne désiriez que son bonheur. Je t'en conjure, ne te blâme pas.

– Nous devons la retrouver par tous les moyens, déclara le roi.

– Namir a raison, Hadarah. Il faut l'empêcher de perpétuer de telles horreurs.

– Tous mes hommes sont à sa recherche. Où sont Saona et Sienna, toujours dans le parc ? demanda le prince, inquiet pour les jeunes terriennes et craignant que Theavide ne tente encore de les faire enlever.

– Je pense qu'elles s'y trouvent, oui. Elles voulaient voir les cokwalins, mais leurs gardes les surveillaient de près, ajouta la reine. Tu penses qu'elles sont en danger ?

– Je n'en suis pas certain, mais je crois qu'il vaut mieux qu'elles restent à l'intérieur du château. Je vais les chercher. Désires-tu qu'elles te tiennent compagnie ?

– Oui, je veux bien. Dans le jardin d'intérieur ? Peut-être y serons-nous plus en sécurité.

– Oui, ce sera parfait. Père, je reviens.

– Très bien. Je vais accompagner Émaline et je te retrouve dans mon bureau, précisa le roi.

Hadarah découvrit Saona et Sienna en compagnie des cokwalins. Leurs rires cristallins ravissaient Hadarah. Les animaux sautillaient de l'une à l'autre et léchaient tour à tour les mains des jeunes femmes. Un des animaux avait posé délicatement sa tête sur le poignet blessé de Saona. Leurs oreilles se dressèrent à son approche, mais ils reprirent rapidement leur jeu avec les jeunes femmes.

– Je suis vraiment désolé de vous interrompre, mais j'aimerais que vous rentriez au château où vous serez plus en sécurité.

– Que se passe-t-il ? demanda Saona.

– Theavide est la commanditaire de vos enlèvements et reste introuvable.

– La garce ! Je savais que nous devions nous méfier de cette folle ! déclara Saona.

– Je ne suis pas certain d'avoir compris tous les termes employés, mais je comprends votre colère. J'aimerais vous demander un service. Mère prend très mal la nouvelle. Elle se sent fautive.

Accepteriez-vous de lui tenir compagnie pour lui changer les idées ?

– Bien entendu, répondit Sienna. Je ne connais pas encore bien Émaline, mais je l'apprécie déjà.

– Tout à fait. Vous pouvez compter sur nous, renchérit Saona. Au revoir, les amis, à bientôt, dit-elle aux cokwalins avant de suivre Hadarah.

– Merci, elle sera ravie et je serais plus serein de vous savoir toutes les trois en sécurité. Les gardes vont vous accompagner. Le roi m'attend.

– S'il vous plaît, Hadarah, nous aimerions rester régulièrement informées, commenta Saona.

– Je comprends, vous le serez.

Saona hocha la tête et suivit les gardes.

****

– Père ? Des nouvelles de Theavide ? demanda Hadarah en rejoignant le roi.

– Pas encore, mais regarde ce que j'ai trouvé dans tous les documents que tu as apportés.

– On dirait une carte inter spatiale, proposa Hadarah.

– C'en est une. Regarde, nous sommes ici, la galaxie Tarelle. C'est une carte détaillée de trous de ver. Voilà comment ils ont pu atteindre la Terre aussi rapidement. Les écrits sont en dragemion, Theavide est en relation avec ces pédants. Je suis certain qu'ils sont les acheteurs d'organes. C'est ainsi qu'elle a obtenu cette carte. Malheureusement, nous ne possédons pas de preuves.

Thérac entra à cet instant.

– Majesté, commandant.

– Oui, Thérac. As-tu des nouvelles ? demanda le roi.

– Oui, Votre Majesté. Theavide a embarqué sur son Cartajet.

Le Cartajet, un petit appareil qui pouvait transporter un maximum de deux personnes, permettait au pilote de quitter et entrer des planètes proches.

– Nous avons pu suivre son transmetteur jusqu'au port d'Almion. Elle se trouve désormais à bord d'un vaisseau dragemion. Nous avons perdu tout contact après leur entrée en hyperespace, expliqua Thérac.

– Crois-tu qu'elle soit sur Dragemione ? demanda le roi ?

– Non. Elle a perdu Saona et Sienna, et les autres victimes, elle ne peut donc pas remplir son contrat. Elle va essayer de s'approprier de nouvelles « marchandises ». Elle se rend sur Terre et cette carte va nous y amener. Nous devons l'arrêter à tout prix et elle doit payer pour la mort de Nadah, déclara Hadarah.

– Ce serait logique en effet. Mais les trous de ver sont dangereux, précisa le roi.

– Oui, Père, je le sais. Mais Theavide ne risquerait pas sa vie s'ils n'étaient pas fiables.

– Très bien. Quand voulez-vous partir ?

– Dès que le Vengador sera approvisionné, et que l'équipage sera au complet, répondit Hadarah sur un ton déterminé.

Rien ni personne ne l'empêcherait de mettre Theavide, hors d'état de nuire.

– Fils. Tu dois avertir les deux jeunes femmes que tu pars pour la Terre. Elles ont le droit de décider si elles veulent retourner sur leur planète. Leurs familles doivent être très inquiètes, ajouta le roi.

– Tu as raison, je vais tout de suite leur expliquer la situation. Thérac, avertis les troupes ! Nous ne prendrons que des volontaires pour cette mission. Charge-toi de l'approvisionnement.

– Hadarah, tu sais parfaitement qu'ils seront tous volontaires et que je vais devoir choisir qui vient avec nous.

– Sans doute, mais je veux qu'ils sachent que ce n'est pas une obligation. Je te rejoins dès que possible avec ou sans les terriennes.

La mission était dangereuse et Hadarah ne voulait pas obliger ses hommes à quitter leurs familles pour risquer leur vie, même si c'était leur métier.

Il se dirigea pensif vers le jardin intérieur. Son père avait raison, Saona et Sienna avaient le droit de choisir si elles voulaient retourner sur leur planète ou vivre sur Estrella.

Il allait regretter le départ de Saona. Il appréciait énormément sa compagnie. Il trouvait la jeune femme douce et forte à la fois. Elle aurait pu devenir une parfaite compagne.

Il fut étonné d'avoir une telle pensée, il n'avait jamais rêvé d'avoir une compagne ou de fonder une famille.

« Elle ne voudrait certainement pas d'un combattant qui risque sa vie régulièrement, » pensa-t-il.

Il reconnaissait être également attiré par son physique plus enrobé que les estrelliennes fines et élancées. Le regard de Saona l'hypnotisait et il aurait aimé passer la main dans sa chevelure de feu. Jamais il n'avait rencontré une femme comme la terrienne. Ce qui expliquait certainement cette attirance. Saona aurait pu vivre sur Estrella. Mais il devait lui laisser le choix.

Les jeunes femmes riaient de bon cœur avec Émaline.

– Pardonnez-moi, j'ai de bonnes nouvelles. Nous savons où se dirige Theavide, enfin j'en suis pratiquement certain. Dans les documents récupérés dans son laboratoire, nous avons trouvé une carte inter spatiale.

– Vous pensez qu'elle va suivre cette carte ? demanda Sienna.

– Oui, j'en suis convaincu.

Saona fixa Hadarah avant de demander :

– Elle va sur Terre, n'est-ce pas ?

– Oui.

– Vous allez la suivre ? demanda Sienna

– Oui, nous ne pouvons pas la laisser continuer ainsi.

– Alors vous pouvez nous ramener chez nous ? enquit Sienna, dont la voix trahissait l'excitation.

– Le voyage risque d'être dangereux, nous allons passer au travers d'un nombre considérable de trous de ver.

– Si cette garce peut le faire, nous aussi ! N'est-ce pas Saona ? déclara Sienna.

La jeune femme ne répondit pas et observa Hadarah et Émaline.

Chapitre 7

– Saona ? Nous pouvons rentrer chez nous ! insista Sienna.

Saona détacha son regard d'Hadarah et répondit :

– Pour quoi faire ?

– Comment ça, pour quoi faire ? demanda Sienna, surprise de la question de son amie.

– Sienna, je comprends que tu veuilles retrouver tes parents. Mais je n'ai plus personne sur Terre. Je voyageais pour découvrir d'autres pays. J'ai découvert une magnifique planète. Une planète ! C'est bien plus que je n'aurai pu imaginer. Avec des êtres chaleureux qui m'ont soignée, nourrie et hébergée. Je me suis sentie appréciée. Pour la première fois de ma vie, je ne suis plus cette fille qui pense autrement. Je suis acceptée pour moi-même. Jamais, je ne retrouverai cela sur Terre !

– Hadarah ? Émaline ? Puis-je rester sur Estrella ?

Émaline se leva et prit la jeune femme dans ses bras. Émue par les propos sincères de la jeune femme, de grosses larmes roulèrent sur ses joues.

Émaline ne pouvait expliquer pourquoi, en seulement quelques heures, elle s'était attachée à Saona. Sans doute à cause de sa joie de vivre communicative, sa positivité ou sa douceur, mais peut-être aussi une certaine fragilité rendait la jeune terrienne attirante aux yeux de la reine et de son fils.

– Bien sûr que tu peux rester, mon enfant. Nos mots n'étaient pas vains lorsque nous t'avons souhaité la bienvenue. Même si nous nous connaissons à peine, sache que tu es très appréciée par nous tous.

– Merci, Émaline.

– Saona. Soyez certaine que ce sera un immense plaisir pour toute ma famille et moi-même, si vous désirez rester sur Estrella. Comme vient de le dire mère, en quelques jours vous avez su pénétrer nos cœurs et effacer ces dernières années de tristesse.

– Merci, Hadarah. Je suis désolée, Sienna, mais ma vie se trouve désormais sur Estrella.

– Mais tu pourrais venir habiter avec moi à Londres, insista Sienna.

– Je n'aime pas les grandes villes. Ici, je me sens vraiment chez moi. Je ne sais comment l'expliquer.

– Alors tu m'abandonnes ?

– Là, je pense que tu es injuste. Je ne t'ai jamais abandonnée. J'ai pris soin de toi durant notre séquestration, même quand j'allais très mal. Tu ne peux pas me demander de vivre une vie qui ne me conviendra jamais.

– C'est parce que tu vis dans un palais ? demanda Sienna.

Son amie écarquilla les yeux en entendant une telle insinuation, elle retint des larmes qui menaçaient à tout moment de jaillir. Elle prit une forte inspiration et d'un ton froid répondit.

– Sienna, si tu me connaissais vraiment, ce genre de réflexion ne te viendrait même pas à l'esprit. Je ne suis pas matérialiste. J'avais tout abandonné pour faire mon tour du monde. Je ne sais pas de quoi sera fait demain ni où je vivrai, ici ou ailleurs. Mais je connais la Terre et j'ai fait mon choix que cela te plaise ou non.

– Très bien. J'espère que tu ne le regretteras pas.

– Si je rentrais sur Terre, je vivrais le reste de mes jours avec le regret. Celui de ne pas avoir saisi l'occasion qui m'était donnée de découvrir une autre civilisation avec des personnes attachantes. Je ne sais pas quoi te dire de plus, mais je ne suis pas désolée de mon choix. Je pense même que tu devrais réfléchir au tien.

Saona inspira profondément et reprit.

– Je sais que tu t'inquiètes pour tes parents. Mais le jour où ils disparaîtront que te restera-t-il ? Je sais de quoi je parle, je l'ai vécu. Lorsqu'un enfant né, il devient un être à part entière. À lui de décider de son chemin. Tu avais raison lorsque tu l'as dit à ton père. Sa route sera parsemée d'erreurs sans aucun doute. Mais le choix final lui appartient. Essaie d'y penser et de vivre pour toi et s'il te plaît ne m'accuse pas de t'abandonner.

– Je suis désolée, je ne suis qu'une ingrate. Si tu n'avais pas été avec moi, je me serais laissée mourir.

– Ne dit pas cela.

– C'est la vérité. Tu m'as donné la force de résister. Aujourd'hui, si je suis vivante c'est en partie grâce à toi. Je suis faible, je n'ai pas ta force. L'inconnu et l'incertitude m'effraient et tu vas me manquer.

– Tu es plus forte que tu ne le crois, Sienna. Regarde, tu es prête à traverser l'univers pour retrouver tes parents !

– Ce n'est pas faux, répondit Sienna, avec un sourire larmoyant. Peut-être pourrais-tu m'accompagner sur Terre et revenir ensuite sur Estrella ? Tu pourrais rapporter des souvenirs pour ton nouveau chez-toi, des livres par exemple.

– Honnêtement, je ne suis pas certaine d'avoir le courage de traverser l'espace, qui plus est, un aller et retour.

– S'il te plaît, Saona.

La jeune femme réfléchit. Ce long, très long voyage vers la Terre l'effrayait, même si elle n'osait pas l'avouer. Elle craignait également de ne pouvoir retourner sur Estrella.

– Hadarah, combien de temps va durer le voyage ? enquit-elle.

– Pour être honnête, je ne sais pas exactement. Mais il ne devrait pas être très long avec les trous de ver.

Si Saona décidait de partir, ce ne serait certainement pas pour l'excuse de rapporter des souvenirs.

Bien entendu, ce serait un plaisir de passer un moment avec Sienna, mais aussi avec Hadarah. Elle le connaissait si peu pourtant, elle sentait un lien très spécial les unir, mais ne pouvait l'expliquer. Ce voyage serait aussi le moyen de le découvrir.

– Hadarah ? Si j'accompagne Sienna, puis-je revenir ?

– Je n'y vois aucun inconvénient. De même que si vous désirez prendre des souvenirs de la Terre, ajouta Hadarah.

– D'accord, Sienna, je t'accompagne. Mais ne viens pas me reprocher d'essayer de te faire changer d'avis.

– Promis. Et merci, répondit Sienna.

– Émaline. Je vous promets de revenir, déclara Saona en prenant à son tour la reine dans ses bras. Je vous rapporterai un souvenir de la Terre.

– Nous vous attendrons avec impatience. Surtout, restez prudents.

– Rien à craindre avec l'équipe du commandant Hadarah. J'ai toute confiance en votre fils pour nous protéger des pires ennemis. Hadarah ? Quand partons-nous ?

– Maintenant, nous passons prendre vos affaires et nous rejoignons le Vengador.

– C'est quoi ? enquit Sienna.

– Notre vaisseau amiral, le plus important de notre flotte, mais aussi le plus rapide et le plus discret. Nous pouvons rester près d'une planète sans être détectés, tout comme nos vaisseaux de chasse et nos navettes qui se trouvent à bord.

– On a l'impression d'être dans un film de science-fiction, commenta Sienna.

– J'avoue, ajouta Saona en souriant. À bientôt, Émaline.

– À bientôt mon enfant. Hadarah, soit prudent, je ne supporterai pas de perdre mon fils.

– Mère, ne craignez rien, je reviendrai vite avec Saona. Nous passerons dire au revoir à mon père dès que vous serez prêtes.

– Adieu, Émaline, je ne vous oublierai jamais, ajouta Sienna.

– Moi non plus, et je comprends que vous désiriez rejoindre vos parents. Prenez bien soin de vous. Restez prudente, toutes les races ne sont pas aussi bonnes que la nôtre.

– Je ne risque pas de l'oublier. Encore merci.

****

Thérac ne fut pas surpris de voir les deux terriennes monter à bord du Vengador.

– Sienna, Saona, je ne pense pas que vous connaissiez mon second, Thérac. Il faisait partie de la mission de sauvetage.

– Non, n'avons pas ce plaisir. Je suis ravie de vous rencontrer et je vous remercie d'avoir participé à notre libération, ajouta Saona.

Sienna resta silencieuse, médusée par Thérac. Peut-être que Saona avait raison et qu'elle allait regretter de rentrer sur Terre.

– Je suis heureux de vous voir en si parfaite santé après les épreuves que vous avez endurées. Vous devez être heureuse de rentrer chez vous ? demanda Thérac.

– Oh non ! Je ne rentre pas sur Terre. J'accompagne Sienna, mais je reviens vivre sur Estrella. Je m'y sens chez moi.

– Quelle surprise ! Eh bien ! je suis ravi de connaître une estrellienne d'adoption. Vous êtes la première terrienne. Je suis désolée d'apprendre que votre amie ne restera pas auprès de nous. Mais bienvenue sur notre fabuleuse planète, annonça Thérac en riant.

– Thérac, il est temps de partir si nous voulons arrêter Theavide avant qu'elle ne capture d'autres terriennes.

Thérac reprit immédiatement son ton sérieux pour informer le commandant.

– Oui, commandant. Tout est prêt. Les navigateurs terminent de contrôler les enregistrements des trous de ver.

– Parfait. Accompagne Saona et Sienna dans une des cabines des officiers, s'il te plaît.

– J'ai fait préparer la suite des ambassadeurs, informa Thérac.

– Très bien. Sienna, Saona, je vous laisse vous installer. Un garde viendra vous chercher juste avant le décollage.

– Merci, Hadarah, répondirent les jeunes femmes.

Le commandant essayait de ne pas montrer à quel point il était heureux de la décision de Saona de vivre sur Estrella. Pour le moment, il devait se focaliser sur sa mission ; Theavide.

Il devait l'arrêter par tous les moyens. Il n'hésiterait pas à la tuer, convaincu qu'elle avait donné l'ordre de détruire le vaisseau de sa sœur. Le pardon serait inconcevable, il désirait qu'elle souffre comme ses parents et lui-même avait souffert.

Il voulait l'envoyer sur la planète prison de Carniate pour le restant de ses jours. Il l'imaginait dans une cellule où elle ne pourrait rien accomplir à part regarder les murs pour le restant de ses misérables jours. Le reste du temps, elle le passerait à nettoyer derrière les autres prisonniers sans pouvoir parler à qui que ce soit. Elle serait isolée de tous et de tout. Il l'empêcherait par tous les moyens à sa disposition de retourner sur Dragemione avec des captives.

Chapitre 8

– Bonjour, commandant.

– Bonjour, Saona. Bien dormi ?

– Moyennement. Je pense que je dois m'habituer. J'ai l'impression de ressentir les vibrations du vaisseau lorsque je suis couchée.

– En effet, il y a de légères vibrations. Le ressenti varie suivant la sensibilité des personnes. C'est une question d'habitude.

– Je le pense aussi. Savez-vous maintenant combien de temps il nous faudra pour arriver sur Terre ?

– Non, désolé. Les tailles des trous de ver varient et le temps s'y écoule différemment.

– Je ne comprends pas.

– Eh bien, par exemple vous allez vous trouver dans un trou de ver où vous aurez l'impression d'être restée une semaine, mais dans la réalité du trou de ver, vous y serez à peine une minute. Cela vaut également en sens inverse, vous pensiez que le trou ne durait qu'une minute alors qu'en réalité, vous y étiez depuis une semaine. Je sais, c'est incompréhensible, mais le trou de ver modifie le temps suivant sa taille.

– C'est en effet compliqué, confirma Saona.

– Les navigateurs suivent la carte en prenant ceux qui paraissent les plus petits, ils devraient être les plus courts. Ils pourront calculer le temps réel lorsque nous les aurons tous passés, ainsi que le temps restant pour rejoindre la Terre. Chaque trou correspond à une nouvelle galaxie. Pour le moment, nous sommes en vitesse hyperespace, tout le vaisseau sera averti avant les passages, car certains trous peuvent entraîner des turbulences.

– Eh bien, je ne suis pas certaine d'avoir tout compris, alors je vous fais confiance ainsi qu'aux navigateurs. Combien de trous de ver devons-nous passer ? demanda Saona, pas vraiment rassurée par les explications d'Hadarah.

Elle n'avait d'autres choix que de croire au professionnalisme des navigateurs et du commandant.

– Trois, avant d'arriver dans votre galaxie, la Voie lactée. Sienna doit se réjouir de rentrer chez elle.

– Je ne sais pas vraiment ce qu'elle pense au plus profond elle-même. Elle se sent responsable de ses parents, elle pense surtout à eux.

– Et vous, comment vous sentez-vous ?

– Franchement, cela me paraît irréel de penser que je voyage dans l'espace à la vitesse de la lumière, moi la petite terrienne. Mais plus je vous observe et plus je me dis que malgré l'épreuve de l'enlèvement, j'ai une chance incroyable d'avoir croisé les estrelliens.

Mis à part, Theavide, vous êtes tous dotés de tellement d'empathie, de gentillesse et de courage, cela force l'admiration.

– Nous sommes loin d'être parfaits, croyez-moi, mais Theavide n'est pas une pure estrellienne. Son père était dragemion. Je pense que c'est pour cela qu'elle a pu avoir tous ces contacts. Ils sont pédants et intolérants. Ils pensent que seule leur race vaut la peine d'exister. Mais paradoxalement, ils utilisent les organes d'autres races sans aucun remords. Quant à nous, estrelliens, nous sommes capables de violence et de colère et nous pouvons nous montrer sans pitié.

– Mais je pense malgré tout que ce n'est pas votre instinct primaire. Cette colère et cette violence vous les utilisez aussi pour sauver des vies.

– Pas toujours. Quand Nadah fut assassinée, la rage ne me quittait plus. Je prenais toutes les missions pour pouvoir massacrer les arachiss. Je ne pouvais plus la contrôler. À cette époque, si j'avais soupçonné Theavide, je l'aurais sans doute étranglée de mes propres mains.

– Et à présent ?

– Je veux l'arrêter, je veux qu'elle soit punie. Je ne veux pas qu'elle meure, ce serait trop doux. Je veux qu'elle souffre et je n'éprouve aucun remords à penser ainsi. Je ne peux oublier toutes les vies qu'elle a détruites et je ne comprends toujours pas ses motifs. Elle avait tout pour être heureuse.

– Je ne trouve pas les mots pour apaiser votre souffrance, mais je pense que vous avez dépassé votre rage et elle était tout à fait compréhensible. Croyez-moi, je ne suis pas mieux, si vous saviez toutes les façons que j'imagine de la torturer quand je pense à tous les crimes qu'elle a commis, et ce que nous avons enduré durant notre captivité. J'ai envie de l'étriper. Mais vous restez tout de même bien différents des terriens, Hadarah.

– Nous le sommes certainement par notre culture.

– Pas seulement, c'est compliqué à expliquer. Sur Terre, il y a beaucoup de guerres, d'épidémies, de famines, de pauvres. D'après le peu que j'ai appris d'Estrella, vous priorisez les êtres. Il n'y a pas de personnes démunies. Tous les estrelliens bénéficient de nourriture de soins et de revenus pour vivre décemment. Pour une terrienne, ne serait-ce que le comportement ouvert et l'humilité de vos parents, un couple royal, deviendrait un véritable scandale sur Terre. Mais il y aurait tellement à dire…

– Dans ma vie, j'ai rencontré beaucoup de civilisations différentes. Aucune n'est parfaite, c'est ce qui pour moi contribue à la richesse de l'univers.

– Sur ce point, je vous rejoins. En tout cas merci pour votre honnêteté et pour cette discussion très intéressante. J'espère que nous aurons l'occasion d'en avoir de nombreuses dans l'avenir. Pour être aussi honnête, j'ai hâte de retrouver Estrella et mes amis cokwalins.

– J’en suis heureux, Saona, vraiment très heureux, ajouta Hadarah en souriant.

Les jours qui suivirent parurent très longs à Saona. Elle passait le plus clair de son temps avec Sienna à discuter de tout et de rien. Sienna adorait parler de livres dont Saona ne connaissait pas les trois quarts des auteurs. Elle aimait lire, mais ne partageait pas les mêmes goûts que son amie. Sienna aimait la poésie et la littérature classique. Saona préférait les lectures qui lui permettaient de s’évader dans d’autres contrées.

Thérac leur rendait fréquemment visite lorsqu’il pouvait s’absenter de son poste. Saona sentait une certaine attraction entre Sienna et lui. Le visage de son amie s’illuminait en présence de Thérac. Malgré tout, elle comptait toujours rentrer en Angleterre pour retrouver ses parents.

Les moments préférés de Saona étaient ceux qu’elle partageait au petit déjeuner avec Hadarah. Elle aimait entendre le son chaud de sa voix. Il lui parlait de sa planète, de sa famille et de son équipe qui représentait sa seconde famille.

Le moment le plus émouvant fut lorsqu’il lui raconta son enfance avec sa sœur Nadah. Cela attristait Saona qu’il ait perdu un être qu’il aimait tant, avec qui il pouvait tout partager. Saona, fille unique, n’avait jamais connu une telle affinité.

Sienna était devenue une très bonne amie par le biais des épreuves qu'elles avaient partagées, mais Saona doutait que sur Terre son amie se soit intéressée à elle. Ne serait-ce que parce qu'elles vivaient dans deux pays différents et que mis à part les randonnées leurs goûts et leurs opinions divergeaient sur beaucoup de sujets.

Sienna rejoignait souvent Thérac le soir et Saona en profitait pour penser à sa vie d'avant et à celle qui l'attendait sur Estrella. Elle n'avait aucune idée de ce qu'elle y ferait, mais ne ressentait aucune crainte.

Le premier trou de ver arriva après trois jours de voyage. Il ne dura que quelques minutes et Saona ressentit de simples turbulences comme parfois l'on pouvait expérimenter en avion.

Le deuxième fut très calme, trop calme et plus long, car il dura près de deux heures.

Enfin arriva le troisième avant la Voie lactée. Celui-ci ne dura que deux minutes, mais fut d'une extrême violence. Toutes les alarmes se déclenchèrent et résonnèrent à bord du vaisseau. Saona et Sienna crurent leur dernière heure venue.

Puis, tout redevint calme et Hadarah leur annonça que le Vengador arriverait en orbite de la Terre deux jours plus tard. Fort heureusement, le vaisseau n'avait subi que de petits dégâts matériels et aucun gros dommage.

Lorsque le Vengador s'approcha de la planète bleue, les navigateurs purent identifier le transmetteur de Theavide. Elle avait sans doute oublié que dans chaque implant se trouvait un transmetteur et il ne pouvait qu'appartenir à Theavide. Sur d'autres planètes, il eût été plus compliqué de la retrouver parmi d'autres estrelliens, mais pas sur Terre.

Hadarah expliqua à Saona l'activation du bouclier de protection du Vengador, il ne pouvait être détecté et il les protégeait également des déchets et des débris abandonnés par les terriens autour de la Terre.

Sienna fut appelée sur le pont pour expliquer où ses parents vivaient, afin de trouver la meilleure solution et surtout l'endroit pour la rapatrier. Ce qui fut relativement compliqué, puisque la ville de Brighton se situait en bord de mer.

À cinq kilomètres de la ville, ils trouvèrent un champ où ils pourraient atterrir. Ils devraient ensuite trouver un moyen de locomotion pour rejoindre Brighton ou tout simplement marcher.

Le commandant décida qu'il accompagnerait Sienna avec Primus, un de ses officiers. Thérac aurait la charge du Vengador. Saona insista pour se joindre à eux. Elle expliqua que son amie et elle-même pouvaient passer inaperçues. Ce qui n'était pas le cas pour deux extraterrestres en uniforme.

– Saona a raison, nous pouvons vous trouver des vêtements plus appropriés ou alors nous devons nous déplacer en pleine nuit, puisque vous tenez à m'accompagner.

– Ce point n'est pas négociable. Theavide se trouve sur Terre, sur une île que vous appelez Irlande. Je dois m'assurer que vous rejoignez vos parents en toute sécurité, déclara Hadarah. Nous arriverons donc en pleine nuit, la distance à pied sera vite parcourue, surtout si vous connaissez les environs.

– Mais vous risquez d'être vus ! commenta Sienna.

– La nuit, nos uniformes nous permettent de rester presque invisibles. Les gardes resteront dans la Navette et pourront nous venir en aide en cas de besoin. Le vaisseau est positionné au-dessus du continent que vous appelez, Europe.

– Mais, je ne peux pas entrer chez mes parents en pleine nuit, alors qu'ils pensent sûrement que je suis morte, commenta Sienna.

– Nous partirons en pleine nuit et nous attendrons le matin pour que vous puissiez les retrouver à une heure décente. Nous rejoindrons la navette au crépuscule.

– Et Theavide ? Vous perdrez du temps pour la surveiller, commenta Sienna.

– Non. Nous savons où elle se trouve. J'ai déjà envoyé une équipe qui s'assure que personne ne soit enlevé, expliqua Hadarah. Nous ne partons pas sur Terre sans notre équipement. Ce serait trop risqué tant que nous ne détenons pas Theavide. Préparons-nous, d'après nos calculs il fait déjà nuit sur cette partie de la Terre.

Sienna laissa Saona et Hadarah pour préparer ses affaires.

– J'ai une question. Sienna possède un interpréteur et donc un transmetteur. Les terriens peuvent-ils les détecter ?

– Non, je ne pense pas que vous possédiez la technologie.

– Très bien, je craignais qu'ils puissent le découvrir si un jour elle devait être hospitalisée.

– Je ne suis pas scientifique, mais je sais que l'interpréteur est organique, donc il n'y a aucun risque.

– Merci, cela me rassure.

– Saona, êtes-vous certaine de vouloir accompagner Sienna ?

– Oui. Je n'ai pas fait tout ce voyage pour lui dire adieu sur le vaisseau. Je viens avec vous. Seriez-vous inquiet ?

– Pourquoi le serais-je ?

– Peut-être pensez-vous que de me retrouver sur Terre me fasse changer d'avis et que je ne veuille plus revenir sur Estrella.

– Cette idée m'a traversé l'esprit en effet, mais je suis plus inquiet pour votre sécurité.

– Eh bien, il n'y a rien à craindre. Je vais lui dire adieu, effectuer avec elle quelques courses, sans doute pour rapporter quelques souvenirs, si nous pouvons obtenir les économies de Sienna. Ensuite, je reviens sur le Vengador.

– Très bien, mais les courses, vous les effectuerez à la nuit tombée pour que nous puissions assurer votre protection.

– Mais lorsque nous serons partis, qui assurera celle de Sienna ?

– Elle a choisi de reprendre sa vie sur Terre, souhaitons que tout se déroule bien pour elle dans le futur.

– Oui, souhaitons-le…

Chapitre 9

La navette déposa le petit groupe, dans un champ. Sienna prit l'initiative d'indiquer la direction. Le trajet jusqu'à la ville se déroula sans incident.

Pour ne pas être détectés, Primus et Hadarah restaient dans la pénombre lorsque cela était possible. Même pour Sienna et Saona, il était impossible de les voir. Elles savaient seulement qu'ils restaient à proximité.

Saona se sentait tout de même anxieuse pour les deux hommes et pour elles-mêmes, car avec leurs vêtements estrelliens elles ne passaient pas vraiment inaperçues…

– Nous approchons, la maison de mes parents se situe dans un quartier isolé, un peu plus loin.

– Tant mieux, je ne suis pas tranquille pour Hadarah et Primus, si la police venait à les découvrir...

– Mes parents possèdent un hangar derrière la maison. Nous pourrons y rester sans aucun souci, expliqua Sienna.

– OK. Au fait ! tu ne m'as pas dit comment tu allais expliquer ta disparition à tes parents.

– Je vais leur dire que j'ai eu un accident pendant ma randonnée et qu'une famille m'a soignée et hébergée.

– Ils vont te demander pourquoi tu ne les as pas prévenus.

– Je leur dirais que j'avais perdu la mémoire et que je n'avais plus mes papiers.

– Comment es-tu rentrée, alors ?

– Illégalement, sur un bateau à conteneurs. Mais ils seront, je l'espère, trop contents de me voir pour me poser trop de questions. Je ne sais pas vraiment mentir. Si je leur annonçais que j'étais avec des extraterrestres, ils penseraient que je suis vraiment tombée sur la tête.

– Il y a de grandes chances, en effet, commenta Saona.

– Nous arrivons bientôt. Nous devons juste traverser la rue, il y a des arcades. Ce sera plus discret pour nos chers gardes, ils pourront rester dans la pénombre, précisa Sienna.

– Eh, les filles ! Vous êtes déguisées ? C'est pas Halloween ! cria un homme.

Ses copains apparemment intoxiqués éclatèrent de rire.

– Eh, venez avec nous, on va pouvoir s'amuser ! dit un autre.

Saona prit le bras de Sienna et sentit son amie se raidir.

– Non, merci, nous revenons d'une soirée déguisée. Nous sommes fatiguées, commenta Sienna en essayant de donner un refus jovial.

– Mais je te connais, toi ! T'es la fille Clarkson ! Sienna, oui c'est ça. Tout le monde te croit morte !

– Vous faites erreur, je ne vous connais pas.

– Moi, j'te reconnais. On était au collège ensemble. C'est moi Steven Partridge ! T'es revenue pour l'enterrement ?

– Quel enterrement ? demanda Sienna.

– Celui de tes parents, pas cool leur accident. Se faire écraser par un poids lourd sur un trottoir. Mais t'arrives trop tard, l'enterrement c'était il y a deux jours.

En entendant Steven, Sienna ressentit brusquement un frisson glacial l'envahir.

– Vous vous trompez ! cria Sienna.

– Ben non, t'es bien Sienna, j'ai beau être bourré, j'te reconnais. Mes parents ont assisté à l'enterrement.

– Laissez-nous passer, nous devons rentrer, cria Sienna d'une voix chevrotante.

Les amis du dénommé Steven entourèrent les filles pour les en empêcher.

– Allons, les filles, vous n'allez pas partir comme ça. C'est pas cool ! insista Steven.

Une voix grave derrière eux intervint. Hadarah resta dans la pénombre, mais sa voix s'avéra menaçante.

– Laissez-les passer et ne les touchez pas ! ordonna-t-il.

– T’es qui toi ? Allez montre-toi !

– Lâchez-les immédiatement, ajouta Primus sur le même ton que le commandant.

– Sinon quoi ? Vous êtes deux, on est neufs, morts de rire, vous allez nous encercler à vous deux ?

Hadarah et Primus apparurent en uniforme de combat et armes au point. Vu leur taille et leur tenue, les hommes furent impressionnés et s’écartèrent de Sienna et Saona.

– Merde ! Qu’est-ce que les commandos SAS foutent ici ? déclara un des jeunes hommes.

– Rentrez chez vous et ne parlez de votre rencontre à personne, conseilla Hadarah d’un ton menaçant.

– Ouais, moi j’me tire, j’tiens à ma vie.

Steven lança à Sienna avant de partir.

– À plus, Sienna, on se reverra ! dit-il avant de prendre les jambes à son cou.

Sienna partit en courant en direction de la maison de ses parents. Saona la rejoignit avec Hadarah et Primus, elle retournait des pots de fleurs devant la maison en tremblant et en sanglotant. Sous le dernier, elle trouva une clé. Elle se précipita vers la porte de la maison.

– Sienna ? Que fais-tu ? nous devions attendre, murmura Saona.

– Tu as entendu Steven ? Eh oui, je le connais ! il a dit que mes parents étaient morts. Mais il doit se tromper, dit Sienna en pleurant.

Elle pénétra dans la maison et courut jusqu'à la chambre de ses parents. Elle était vide. Leurs vêtements éparpillés sur le lit. Un désordre indescriptible régnait dans la maison. Sienna s'écroula sur le sol en laissant exploser son chagrin.

Saona s'approcha d'elle et la prit dans ses bras. Hadarah et Primus les laissèrent un moment pour inspecter la maison. Dans la salle de séjour, des piles de cartons étaient entassées. La table de la salle à manger était recouverte de divers papiers.

Dans une des chambres qui d'apparence appartenait à Sienna, le lit était jonché de vêtements féminins. Sur la table de la cuisine, Hadarah trouva deux tasses, il appela Saona afin qu'elle lise un article découpé dans un journal. Il se révéla être l'avis de décès des Clarksons.

Il ne restait plus de doute. Les parents de Sienna étaient décédés depuis plus d'une semaine. Sur la coupure du journal, on pouvait lire qu'un terrible accident avait eu lieu à la sortie de Brighton. Un couple avait été percuté par un camion dont le chauffeur endormi avait perdu le contrôle. Le couple sexagénaire avait été tué sur le coup.

– Les parents de Sienna sont morts, déclara tristement Saona.

– Je suis désolé pour elle, mais nous ne pouvons pas rester ici très longtemps. La lumière au travers des volets pourrait attirer l'attention. Sans oublier l'homme qui a vu Sienna, il pourrait prévenir quelqu'un, expliqua Hadarah.

– Je vais lui parler, répondit Saona.

Sienna s'était calmée et était assise sur le lit de ses parents.

Saona prit place à ses côtés.

– Sienna, je suis vraiment désolée.

– Ils sont partis sans savoir que j'étais vivante. De plus, je vois que mes vautours de cousins sont déjà à l'affût de leurs biens. Je ne sais pas ce que je vais devenir sans mes parents.

– Pour le moment, nous allons retourner sur le vaisseau pour que personne ne nous trouve ici. Cela te donnera le temps de réfléchir. En attendant, prends ce que tu veux, des photos, des vêtements, des souvenirs de tes parents. Ce sera toujours cela que tes cousins n'auront pas.

Sienna regarda Saona les yeux emplis de larmes et dit :

– Tu as raison. Je ferais mon deuil, plus tard, déclara Sienna en reniflant. Dans le grenier, il y a des valises. Primus ? Pouvez-vous les descendre ? J'aimerais prendre quelques affaires.

– Oui, bien entendu. Où se trouve ce grenier ?

– Au fond du couloir, sur la droite. La porte donne sur l'escalier pour y accéder. Saona, peux-tu m'aider à pousser le lit de mes parents ?

– Pour quoi faire ?

– Tu vas voir. Mes parents ne faisaient pas confiance aux banques, ils gardaient toujours de l'argent caché ici. J'étais la seule à le savoir. Cela te permettra d'acheter ce que tu veux pour emmener à Estrella.

– Non, Sienna. Tu vas avoir besoin d'argent.

– Peut-être pas. Nous verrons, en attendant, pas question de laisser cela à ces vautours.

Elles poussèrent le lit le long de la fenêtre.

Tremblante et secouée par les sanglots, Sienna positionna son pied sur une latte du parquet qui se souleva en basculant et Sienna l'attrapa. Elle fit de même avec celle adjacente.

– Tout devrait être dans cette boîte en métal. Mon père l'avait choisie ainsi pour le cas où il y aurait un incendie.

Elle sortit la boîte qui s'avérait assez lourde au moment où Primus et Hadarah arrivèrent avec quatre valises.

Sienna l'ouvrit et découvrit une lettre sur le monticule de livres sterling. Sur l'enveloppe, était écrit ; Sienna.

Des larmes roulèrent de nouveau sur les joues de la jeune femme qu'elle balaya du revers de la manche. Elle s'assit sur le bord du lit et ouvrit l'enveloppe.

Ma chère et douce Sienna,

Nous ne savons pas où tu te trouves à l'heure où je t'écris cette lettre. Mais je garde l'espoir que tu es en bonne santé. Nous n'avons pas pu partir en Argentine pour participer aux recherches. Le cœur de papa est trop fragile et ta disparition l'a beaucoup affecté.

J'espère que tu ne liras jamais cette lettre parce que tu seras de retour parmi nous. Mais si par malheur nous venions à disparaître avant ton retour, sache que jamais nous ne t'avons crue morte. Nous sommes persuadés que quelque chose ou quelqu'un t'empêche de nous contacter.

Nous prions tous les jours que tu reviennes saine et sauve. Si tu trouves cette lettre, n'hésite pas à prendre tout l'argent dans la caisse. Nous l'avons économisé pour toi, notre fille adorée.

Papa tient à ce que j'écrive qu'il regrette votre altercation et qu'il t'aime et t'aimera toujours. Il comprend maintenant que tu doives suivre ton propre chemin et il te souhaite d'être heureuse.

Moi aussi, ma chérie, je te souhaite beaucoup de bonheur et je t'aime infiniment. Si nous avons quitté cette Terre avant ton retour, ne nous pleure pas. Vis ta vie. Ta naissance fut le plus beau des cadeaux, nous sommes si heureux de t'avoir mis au monde.

Nous t'aimons et t'embrassons bien fort ma douce Sienna.

Maman et papa.

Sienna remit la lettre dans l'enveloppe et la posa sur son cœur. Elle ne pouvait plus contenir les larmes.

– Sienna ? Ça va ? demanda Saona.

La jeune femme hocha la tête.

– Oui.

Elle se leva, prit une taie d'oreiller et la donna à Saona.

– Mets l'argent là-dedans. Je vais remplir les valises, demanda-t-elle subitement.

Sienna se rendit dans sa chambre et mit quelques vêtements et des photos dans la première valise et puis ajouta quelques livres. Elle fit le tour des différentes pièces et remplit les autres principalement de souvenirs de ses parents.

Puis, elle dit adieu à la maison qui avait bercé son enfance. Primus et Hadarah portèrent les bagages et Sienna et Saona deux petits sacs à dos. Dans l'un d'eux se trouvait la taie avec les économies des parents de Sienna. Ils rejoignirent la navette en silence et sans anicroche.

HS

Chapitre 10

Depuis son retour sur le Vengador, Sienna ne quittait pas sa cabine. Elle avait demandé à rester seule pour pouvoir réfléchir à son avenir. Saona savait que son amie ne pouvait contenir son chagrin. Elle la comprenait, elle devait faire son deuil.

Le vaisseau resta en orbite autour de la Terre en sachant que le vaisseau Dragemion se trouvait aussi à proximité.

La surveillance de Theavide avait donné des résultats. Elle se trouvait non loin de Belfast dans une maison isolée. Elle n'était pas seule, une navette avait atterri et des arachiss l'avaient rejointe avant de repartir pour son vaisseau. Puis, une berline s'était garée derrière la bâtisse et deux hommes avaient sorti du coffre ce qui ressemblait à deux sacs très lourds.

Les hommes avaient ensuite repris leur route.

– Nous devons intervenir, maintenant. Avant que la navette des Dragemions ne revienne. L'équipe est prête à les empêcher de décoller si nous arrivons trop tard. Theavide ne doit pas nous échapper, annonça Hadarah, devant la navette qui les emmènerait en Irlande. Tous vêtus de leurs armures de combat et armés jusqu'aux dents, ils rejoignirent leur transport.

– À bientôt, Saona. Cette fois, nous allons en finir…

Saona s'approcha d'Hadarah.

– Soyez prudent, Theavide est dangereuse.

– Nous aussi envers nos ennemis, rétorqua le commandant avant de prendre la direction de la navette.

– Hadarah ! cria Saona en courant vers lui.

Il se retourna au moment où la jeune femme se jeta dans ses bras. Instinctivement, il la serra et caressa son épaisse chevelure. Puis il tira en douceur une poignée de cheveux de Saona afin de voir son visage. Il baissa la tête et fixa la jeune femme.

– Revenez vite, dit Saona avant de déposer un baiser sur les lèvres du commandant qui le lui rendit tendrement. Les yeux dans les yeux ils comprirent que ce geste signifiait l'aveu de leurs sentiments.

Puis, Hadarah se détacha de Saona et répondit simplement.

– Promis, j'ai hâte de te retrouver.

Un large sourire éclaira le visage de Saona qui regarda partir l'estrellien à qui elle venait d'offrir son cœur. Elle était persuadée qu'Hadarah éprouvait la même chose. En le voyant partir, elle n'avait pu résister à ce besoin viscéral de l'embrasser. Il devait savoir qu'elle comprenait qu'ils étaient liés par un sentiment puissant et qu'il était réciproque.

****

Une partie de l'unité d'Hadarah encercla silencieusement la maison où se trouvait Theavide.

L'autre moitié surveillait l'éventuelle venue d'une navette dragemione. Ils se rendirent rapidement près des différentes entrées de la maison, fermant ainsi l'accès à tous ceux qui voudraient en sortir.

– Hadarah ? murmura Thérac dans son transmetteur. Il y a de l'activité au sous-sol, ça vient de s'allumer, mais pas un son. C'est bon. C'est de nouveau éteint.

– Parfait. Attention ! Allez, allez, allez ! cria Hadarah.

L'unité pénétra dans la maison à une vitesse fulgurante. Malgré tout, Theavide eut le temps de sortir de la pièce où elle se trouvait et courut vers l'escalier de la cave où elle disparut.

– Où est-elle ?

Un des arachiss signala l'entrée de la cave. Hadarah et Thérac s'y précipitèrent pendant que le reste de l'équipe s'occupait des arachiss.

Ils n'y trouvèrent que deux jeunes filles attachées et bâillonnées. À la lueur de sa lampe frontale, Hadarah constata qu'elles ressemblaient physiquement à Saona et Sienna. Une épaisse chevelure rousse et les yeux verts. Il enleva un premier bâillon.

– Elle s'est enfuie par là, indiqua la jeune fille. Elle a tiré ce bout de bois vers elle et le mur s'est ouvert.

Thérac, occupe-toi d'elles, ordonna Hadarah pendant qu'il essayait d'ouvrir le passage.

Il fit pivoter un pan de mur et découvrit un passage. Le commandant avança prudemment sa lampe éclairant le chemin. Il entendit des pas de course résonner sur le sol terreux et humide dans le tunnel qu'il suivait.

Il se mit à courir pour rattraper Theavide. Au détour d'une intersection, Hadarah ressentit une douleur cinglante sous son œil droit. La lame d'un couteau s'était brisée en tapant sur l'os malaire de sa pommette.

Theavide resta figée, le regard noir de haine, mais aussi de crainte. Elle se trouvait coincée entre le mur et Hadarah.

Il attrapa Theavide par le cou et la souleva. Elle ne baissa pas son regard pourtant apeuré.

– Tue-moi, murmura-t-elle, et tu ne reverras jamais Nadah.

Hadarah la lâcha immédiatement et elle tomba lourdement sur le sol en hurlant de douleur. Sa jambe venait de se briser. Il n'arrivait pas à croire ce qu'il venait d'entendre, mais souhaitait si fort que ce soit vrai.

Hadarah la souleva par ses vêtements en se moquant éperdument de ses cris.

– Où est-elle ? Où est Nadah ? Réponds-moi ! Je ne vais pas te tuer, mais je peux te faire souffrir pendant très, très, longtemps, dit-il sur un ton glacial.

Pour prouver ses dires, il lui donna un coup de pied sur sa jambe blessée. Theavide hurla de nouveau.

– Où-est-Nadah ?

– Sur Dragemione, avoua Theavide d'une voix chevrotante.

– Où sur Dragemione ?

– Dans le donjon du château du seigneur Rodav.

– Pourquoi est-elle là-bas ?

– Parce que le seigneur voulait la posséder après l'avoir rencontré lorsqu'il était ambassadeur.

– Si tu mens, tu n'as pas fini de souffrir, c'est une promesse !

– Je ne mens pas, assura Theavide d'une voix brisée par la douleur.

– Hadarah ? cria Thérac.

– Je suis là. Apporte un brancard pour ramasser ce déchet ! cria Hadarah en essuyant du revers de son gant le sang qui coulait sur son visage.

Il se tourna vers sa cousine et demanda :

– Pourquoi ?

– Pourquoi quoi ?

– Pourquoi as-tu commis tous ces crimes ? Après la mort de tes parents, les miens t'ont accueillie et tout donné.

Theavide secoua la tête et baissa les yeux.

– Ils n'étaient pas mes parents ! Je ne suis pas Theavide. Grâce au seigneur Rodav, j'ai pris son apparence. Il a un très bon chirurgien. Je tenais compagnie à ta cousine, je la connaissais bien. Ce ne fut pas difficile de prendre sa place. Puis il s'est débarrassé des parents de ta cousine.

– Et Theavide ?

– Elle fait partie des jouets de Rodav, comme ta sœur.

– Pourquoi kidnapper les terriennes ?

– Parce qu'après avoir découvert par hasard la Terre, le seigneur a décidé qu'il voulait des jouets différents. Il déteste les estrelliens et voulait s'amuser avec des poupées aux yeux verts. Pour lui cela signifiait salir la pierre sacrée. La chevelure de feu était un bonus. De plus, il était heureux de ne pas respecter la loi dont il se moquait éperdument, ajouta-t-elle le souffle court.

– Mais qui es-tu pour accepter de perpétrer de telles horreurs ?

– La fille illégitime du Seigneur Rodav. Si tu penses m'échanger contre ta sœur et ta cousine, oublie tout de suite. Pour lui, je suis interchangeable, il a une vingtaine de progénitures.

Thérac arriva sur cette dernière information. Hadarah ordonna que l'usurpatrice soit envoyée en unité de soin sous bonne escorte et qu'elle reste restreinte en tout temps. Il ne dit mot de ses aveux. Il devait réfléchir sur les prochaines actions. Il était horrifié par tout ce qu'il venait d'apprendre. Si elle disait la vérité, Nadah était vivante et il ferait son possible pour la libérer des mains de ce psychopathe et l'usurpatrice allait l'aider.

Les deux victimes furent accompagnées non loin de leur domicile. Elles devaient garder le silence sur l'unité secrète qui les avait libérées. Elles étaient si reconnaissantes d'être libres et en vie qu'elles jurèrent de ne rien dire. De toute façon, qui les croirait ?

De retour sur le vaisseau, il ordonna l'évacuation du hangar pour éviter les débordements et pour protéger la criminelle.

Il devait encore l'interroger et préférait qu'elle reste en vie. Les estrelliens pourraient se montrer vindicatifs et très violents à son égard.

Hadarah fut accueilli chaleureusement par Saona qui se montra très inquiète pour sa blessure. Il accepta de se rendre à l'infirmerie pour se faire soigner. De plus, il serait proche de l'usurpatrice. Une question urgente et importante lui brulait les lèvres.

– Saona, si tu veux bien m'attendre dans tes quartiers, je te rejoins dès que mon visage est arrangé.

– Tu es sûr ? Je peux rester, je ne crains pas le sang.

– Je n’en doute pas, mais ce ne sera pas nécessaire. Je dois ensuite vous parler à toutes les deux. Sienna doit nous donner sa décision immédiatement, nous ne pouvons pas rester ici.

– Très bien, je vais lui parler.

Elle déposa un baiser sur sa main et sortit.

– Commandant, une belle blessure que vous avez là, dit le soigneur.

– Nous verrons ça après, elle est là ? demanda Hadarah.

– Le monstre ?

– Oui.

– Elle peut attendre un peu, ça ne lui fera pas de mal de souffrir plus longtemps, commenta le soigneur.

– Où est-elle ?

– Au fond, dans le sas de quarantaine. C’est le plus sécurisé.

– Bonne idée. Je dois lui poser des questions urgentes. Je ne veux pas être dérangé, ordonna Hadarah.

Chapitre 11

La criminelle ouvrit les yeux lorsqu'elle entendit le sas s'ouvrir.

– Hadarah, je me doutais bien que je te reverrais rapidement. Je répondrai à toutes tes questions lorsque ma jambe sera soignée, annonça l'usurpatrice avec arrogance.

– Tu n'es pas en mesure de réclamer. Je peux te casser l'autre jambe pour que tu comprennes que je commande ici et je pose les questions.

Le ton d'Hadarah ne laissait aucun doute quant à la promesse de souffrance si elle ne se soumettait pas. La pseudo Theavide comprit rapidement.

– À qui appartient le vaisseau sur lequel tu es arrivée ici ? interrogea Hadarah.

– À mon père.

– Qui se trouve à bord ?

– Le second de mon cher père, son fils aîné Kamer et ses officiers, des navigateurs dragemions et des arachiss.

– Combien de chasseurs ?

– Aucun, c'est un vaisseau de commerce.

– Quel est ton véritable nom ?

– Dayvita.

Le commandant fut satisfait de la coopération de Dayvita. Il allait enfin pouvoir élaborer un plan d'action pour libérer sa sœur et sa cousine.

– Très bien, Dayvita. J'ai un marché à te proposer. Si tu le suis à la lettre. Je te donne ma parole que tu ne subiras plus aucune souffrance physique et que tu ne seras pas exécutée. Si tu ne respectes pas ce marché, je laisserai mon équipe s'occuper de toi et crois-moi, ce ne sera pas pour jouer avec toi. Ils te garderont en vie, mais tu souhaiteras mourir. Alors ? Je veux ta réponse immédiatement.

Theavide ou plutôt Dayvita répondit sans même réfléchir.

– Marché conclu.

– Parfait. N'oublie pas, si tu me trahis, je ne reculerai devant rien pour te voir souffrir le restant de tes jours.

Et Dayvita n'en douta pas un instant et hocha la tête.

Hadarah appela le soigneur.

– Ne pose pas de questions et soigne-la. À part toi et moi, personne ne doit lui rendre visite. Dans combien de temps pourra-t-elle marcher ? Elle doit pouvoir se déplacer rapidement.

– Sa jambe sera vite réparée. Avec les nouvelles attelles biomécaniques, elle pourra même courir dans quelques heures.

– Parfait. Avant tout, arrange-moi le visage.

Hadarah n’était pas d’humeur aux palabres et le temps pressait. Il devait au plus vite mettre son plan à exécution et libérer sa sœur et sa cousine.

Après avoir été soigné, le commandant rejoignit Saona. Elle se trouvait en compagnie de Thérac et Sienna.

– Sienna, comme vous l’a certainement expliqué Saona, j’ai besoin de connaître votre décision concernant votre futur. Nous ne pouvons pas nous éterniser ici, d’autres missions importantes nous attendent.

Sienna regarda tour à tour Thérac et Saona en souriant.

– Si vous n’y voyez pas d’inconvénients, je repars sur Estrella. Je n’ai plus de vie qui m’attend sur Terre, mais j’ai un avenir avec Thérac.

Hadarah écarquilla les yeux.

– Thérac ? Rien à ajouter ? demanda le commandant très surpris par l’annonce.

– J’ai demandé à Sienna d’être ma compagne et elle a dit oui.

– C’est une surprise, je ne m’attendais pas à cela, commenta Hadarah. Toutes mes félicitations.

– Merci. Nous savons que cette décision est vraiment très rapide. Mais nous ne pouvons pas contrôler nos sentiments. Ils sont puissants, ajouta Thérac.

Thérac rejoignit Sienna et lui prit la main.

– Je comprends parfaitement, répondit Hadarah en fixant Saona.

Avant de pouvoir se consacrer totalement à la jeune terrienne, le commandant devait accomplir une mission importante. Elle lui tenait plus à cœur que sa vie sentimentale, malgré les sentiments profonds qu'il éprouvait pour Saona.

– Vous savez certainement que nous avons capturé Theavide. Mais ce que je vais vous dévoiler doit rester entre nous tant que je n'ai pas informé toute mon unité. J'ai un plan, mais j'aurais besoin de vous pour le mettre à exécution.

– Tu peux compter sur nous et je pense que Sienna sera d'accord avec moi pour dire que nous sommes prêtes à t'aider.

– Merci, Saona.

Hadarah dévoila la véritable identité de Theavide et leur révéla que sa sœur et sa cousine étaient toujours bien vivantes d'après les dires de celle-ci. Cette annonce les choqua tous et ne fit que renforcer la décision d'aider le commandant.

Mais le plan pour les délivrer nécessitait leur participation. Il leur assura qu'elles ne seraient d'aucune façon mises en danger.

Lorsque tout fut expliqué et que Saona et Sienna eurent accepté leur rôle, Hadarah réunit rapidement son équipe pour les informer de la mission.

****

La navette en provenance du Vengador venait d'atterrir en Irlande, à l'endroit même qu'elle avait quitté quelques heures auparavant. Ils débarquèrent tous et rejoignirent la maison.

– Où se trouve ton communicateur ? demanda le commandant.

Dayvita/Theavide indiqua l'emplacement.

– Très bien, descendons à la cave, les autres, vous connaissez les ordres.

Dans la cave, il détacha Dayvita, mais les deux gardes la maintinrent dans leur viseur.

– Thérac, attache-les de la même façon que les prisonnières que nous avons trouvées.

Saona et Sienna se retrouvèrent avec les mains liées dos à dos sur le sol humide de la cave et bâillonnées. Elles devraient exécuter la performance de leur vie.

Hadarah se mit à l'écart ainsi que Thérac et les gardes pour ne pas être vu durant la communication.

– Lance l'appel et tu ne dévies pas du plan, ordonna Hadarah.

– Oui, commandant, répondit Dayvita avec un sourire narquois.

Quelques minutes s'écoulèrent avant qu'une image apparaisse sur le communicateur.

– Dayvita ! Où étais-tu ?

– J'ai eu quelques problèmes avec les arachiss, mais leur compte est réglé.

– Tu as la marchandise ? demanda Kamer.

– Bien sûr, regarde, de jolies poupées fraîchement prises pour notre cher père.

Dayvita montra Saona et Sienna sur la vidéo sans s'attarder trop sur elles.

– Elles sont parfaites, déclara Kamer.

– Alors, envoie la navette que l'on parte de ce trou avant que quelqu'un ne s'aperçoive de leurs disparitions.

Kamer s'absenta un instant, donna des ordres et réapparut sur l'écran.

– Elle est en chemin. Tu crois pouvoir en trouver d'autres ? demanda Kamer.

– Pourquoi ? Père veut l'exclusivité des jouets terriens.

Dayvita ne comprenait pas son frère, Rodav n'accepterait jamais que son fils possède les mêmes jouets que lui.

– C'est vrai, mais moi, ça ne me déplairait pas ces terriennes, même si elles ne sont pas identiques à celles-ci.

– Si tu en veux, tu viendras les chercher. J'ai fait ce que j'avais à faire et je veux rentrer sur Dragemione.

– Très bien, on rentre. Père est déjà furieux d'avoir perdu les premières, mieux ne vaut pas le faire attendre plus longtemps, ajouta Kamer.

– Parfait. Je coupe la transmission, je prépare tout pour embarquer. À tout de suite.

Dayvita interrompit la vidéo. Hadarah s'assura que tout était éteint avant de la rejoindre. Il l'attacha de nouveau et Thérac détacha Saona et Sienna.

– Saona et Sienna, rejoignez notre navette tout de suite, ordonna le commandant.

Les jeunes femmes obéirent sans discuter.

– Parfait, continue comme cela, ordonna Hadarah à Dayvita.

La navette du vaisseau dragemion atterrit trente minutes plus tard avec à son bord des arachiss et deux pilotes.

Dayvita sortit de la maison, mais resta devant la porte sous la menace de l'arme d'Hadarah.

– Appelle les pilotes et venez tous m'aider à vider les lieux et transporter les terriennes, ordonna Dayvita.

Les arachiss obéirent sans poser de questions.

Ils entrèrent tous à l'intérieur du logement et furent rapidement appréhendés. Seuls les pilotes cherchèrent à résister. Les arachiss se rendirent sans difficulté.

La deuxième équipe s'empara de la navette dragemione. Les arachiss furent transportés où se trouvaient Saona et Sienna, sans leurs longs manteaux qui revêtaient désormais Hadarah, Thérac et deux membres de leur équipe.

Sienna et Saona s'envolèrent vers le Vengador et Hadarah, Thérac et Dayvita vers le vaisseau dragemion.

Hadarah attacha les deux pilotes et les bâillonna avant de sortir avec Dayvita. Sous son long manteau, son arme visait la criminelle.

Ils se rendirent sur le pont où se trouvait Kamer sans aucune difficulté.

Ils entrèrent et verrouillèrent immédiatement l'accès.

– Désolée, grand frère, prévint Dayvita en souriant.

– Quoi ?

Personne ne chercha à s'opposer à Hadarah. Les membres du personnel n'étaient pas des combattants. Kamer, quant à lui, n'était pas armé. Prétentieux et sûr de lui, il se croyait invincible sur son vaisseau. Les officiers constatant que leur chef était menacé déposèrent leurs armes.

– Que veux-tu, Hadarah ?

– C’est commandant Hadarah ! précisa Hadarah avec autorité.

– Bon, alors que voulez-vous ?

– Juste votre vaisseau !

– Impossible ! rétorqua Kamer.

– Vous croyez ? Regardez derrière vous ! invita le commandant.

Hadarah fit signe à Kamer de se retourner.

– Désengagez le bouclier pendant trois secondes, dit Hadarah dans son com. Ceci est le vaisseau amiral Vengador avec une force de frappe si importante qu’il pourrait détruire Dragemione, précisa-t-il.

Kamer se retourna vers le commandant, blanc comme un linge. La peur suintait par tous les pores de son visage.

– Vous n’allez pas tuer des innocents ?

– Pas sur votre planète, non. Mais je n’aurai aucun scrupule à détruire votre vaisseau et votre équipage. Après une fouille complète, bien entendu, pour contrôler vos « marchandises ».

– Que voulez-vous ? demanda Kamer d’une voix tremblante.

– Libérer les prisonnières de votre père, dont ma sœur et ma cousine.

– Tu lui as dit ? cria Kamer.

– Je n'avais pas le choix, rétorqua Dayvita.

– Dayvita a été très coopérative, ce qui lui a évité beaucoup de problèmes. Je vous donne le choix ; mourir ou nous aider.

– Et une fois que je vous aurais aidé, vous me tuerez ?

– Peut-être pas. Mais vous ne serez plus libre de continuer votre commerce.

Hadarah ne pouvait pas promettre que Kamer survivrait. Après ce qu'il avait entendu lors de l'appel de Dayvita, il était loin d'être innocent. Il devrait affronter les conséquences de ses actes.

– Ce qui signifie ? insista Kamer.

– Nous en reparlerons, inutile de spéculer sur votre avenir.

– Je refuse de trahir mon père, indiqua Kamer.

– Je ne vous demande pas de le trahir. Vous ne participerez pas au sauvetage, mais nous allons utiliser votre vaisseau pour entrer en orbite. C'est tout ce que nous vous demandons.

– Kamer, crois-tu que père hésiterait entre nous et sa vie ? demanda Dayvita.

– Non, répondit Kamer sans réfléchir.

Il fixa sa sœur avant de répondre.

– Très bien, j'accepte.

Hadarah prévint le Vengador d'envoyer des hommes et des navigateurs.

– Thérac, tu retournes sur le vaisseau. Tu es responsable du pont. Tu connais la suite.

– Oui, commandant. Et pour Saona ? murmura Thérac.

Hadarah s'approcha pour que personne ne l'entende.

– Je te la confie. Elle reste avec toi et Sienna, où elle sera en sécurité.

– Elle ne va pas apprécier, informa Thérac.

Il doutait que Saona approuve de rester à l'écart et loin d'Hadarah. Mais il comprenait le commandant. Il avait besoin de la savoir en sécurité à bord du Vengador pour pouvoir se focaliser pleinement sur sa mission.

– Je sais, mais je dois la protéger, précisa Hadarah.

– Entendu.

Chapitre 12

Avant de partir pour Dragemione. Thérac demanda l'autorisation à Hadarah pour accompagner Sienna et Saona sur Terre pour des achats et pour que l'argent de Sienna ne soit pas perdu.

Ayant encore plusieurs heures de tests à effectuer avant leur départ, la requête fut acceptée. Les deux jeunes femmes passèrent la matinée à Londres accompagnées de Thérac et Primus. Deux hommes de la carrure des estrelliens avec leurs cheveux blancs coupés en brosse ne passaient pas inaperçus, mais ils portaient des vêtements civils, maintenant que le danger était écarté sur Terre. Ils pouvaient passer pour des hommes excentriques dans la capitale.

Les jeunes femmes achetèrent, chaussures, livres et divers souvenirs, sans oublier des vêtements, dont quelques-uns, très spéciaux... Elles avaient hésité sur certaines dépenses avant d'effectuer leurs achats. Finalement, elles désiraient que leur dernier jour sur Terre soit un moment de joie et de détente et dépensèrent sans compter pour des objets qui leur rappelleraient leur planète.

Elles terminèrent leur excursion dans un restaurant et Sienna distribua une grosse partie de ses livres sterling aux SDF qu'elle rencontra.

Thérac et Primus ressemblaient à des mules avec tous les sacs qu'ils portaient et Sienna et Saona en transportaient pratiquement autant.

Ils prirent un large taxi pour sortir de la capitale et rejoindre une ferme abandonnée, où les attendait la Navette à l'abri des regards grâce à son bouclier.

– Êtes-vous certaine d'avoir la bonne adresse ? Cette ferme est totalement vide, questionna le chauffeur du taxi.

– Oui, ne vous inquiétez pas. Nous devons la rénover, répondit Saona.

Sienna régla la course et glissa l'argent qui lui restait dans le dos du chauffeur avec un mot qui disait :

« Cet argent vous appartient, utilisez-le à bon escient et profitez de chaque instant sur Terre. On ne sait jamais ce que vous réserve le lendemain ».

Elle avait rédigé le mot au restaurant où l'idée lui était venue de le glisser à la dernière personne qu'elle verrait sur Terre.

Dans la navette, les deux jeunes femmes firent leurs adieux à la terre. Sienna versa quelques larmes en pensant à ses parents. Mais elle avait décidé de vivre heureuse, pour elle-même, mais aussi pour eux. Si quelque part dans l'univers ses parents la voyaient, leur bonheur serait complet. Quoiqu'il advienne, ils resteraient pour toujours dans son cœur.

Saona et Sienna rentrèrent joyeuses et ravies de leur dernière excursion sur Terre. Elles avaient profité de ce dernier moment sur leur planète sans l'angoisse et le stress de leur prochain voyage inter spatial et de leur futur sur Estrella.

Elles ne regrettaient pas leur décision de rentrer, mais elles réalisaient qu'elles ne savaient pas vraiment dans quoi elles s'embarquaient.

Au moins, elles ne seraient pas seules. Les deux terriennes resteraient unies envers et contre tout. Elles espéraient tout de même que leur amitié leur permettrait de partager avant tout des moments de bonheur.

Quelques heures plus tard, Thérac vint les rejoindre pour leur annoncer le départ imminent pour Dragemione.

Le Vengador resterait dans le sillage du vaisseau de Kamer pour ne pas être repéré et pour protéger Hadarah et son équipe. Ils apparaîtraient ainsi comme un seul vaisseau. Cela leur permettrait d'arriver sur Dragemione et de surprendre Rodav et ses gardes.

Saona ne cessait de penser à l'absence d'Hadarah qui durerait plusieurs jours. Elle réalisa qu'elle ne le reverrait qu'après la libération des prisonnières. Une mission qui s'avérerait dangereuse sur une planète où les Estrelliens n'étaient pas les bienvenus.

Ils devraient agir rapidement afin de quitter l'orbite de la planète avant que l'alarme ne soit donnée et que des troupes soient envoyées.

Même si le Vengador les protégeait, tant qu'ils seraient sur Dragemione, ils risqueraient leur vie.

Hadarah avait décidé qu'une seule équipe interviendrait et qu'il la conduirait. Dayvita serait leur laissez-passer. Kamer et son équipage resteraient enfermés sur le vaisseau pour ne pas risquer qu'il prévienne Rodav.

Saona se réjouissait qu'il puisse retrouver sa sœur. Mais elle s'inquiétait pour Hadarah. Elle avait rapidement développé des sentiments à son égard, pas simplement furtifs, pas ceux d'un simple flirt. Ils étaient puissants malgré la durée si courte de leur relation. Sienna ressentait la même force de sentiments pour Thérac, si difficile à expliquer. Elles aimaient leur partenaire du plus profond de leur cœur et de leur âme, comme s'ils vivaient en elles depuis des millénaires.

Au début, Saona pensait que c'était parce qu'il l'avait sauvée. Mais à présent, elle était certaine que ce n'était pas seulement le commandant, le combattant, qui lui plaisait. Elle aimait tout chez Hadarah, ses qualités et ses défauts qui le rendaient si humain.

Un être à l'écoute, attentif, empathique et plus humain que certains de ses congénères terriens. Saona avait eu quelques relations dans sa vie, mais jamais une seule ne lui avait donné l'impression d'être une évidence.

Hadarah la complétait. Elle était persuadée que leur rencontre n'était pas le fruit du hasard. Ils étaient destinés.

Elle ressentait son absence comme un immense vide et ne pouvait l'expliquer. Comment exprimer l'ampleur de ses sentiments pour un être que l'on connaissait seulement depuis quelques semaines ?

Que ce soit pour elle ou pour Sienna, la rapidité à laquelle elles étaient tombées amoureuses les effrayait. Car oui, elles étaient toutes les deux convaincues que leurs sentiments n'étaient pas éphémères, mais bien réels et profonds. Sur Terre, une relation si rapide aurait été montrée du doigt et vouée à l'échec.

Mais dans l'espace ou à des années-lumière de la planète bleue pouvait-il en être autrement ?

Les rapports amoureux pouvaient-ils se mesurer à l'ampleur des sentiments, plutôt qu'à la durée de la relation ?

Les deux jeunes femmes l'ignoraient. D'autant plus que pour les terriennes leurs relations n'étaient absolument pas physiques pour le moment.

Peut-être que la réponse se trouvait justement dans le fait que leurs seuls rapports concernaient leurs esprits et non leurs corps.

L'amour platonique qu'elles portaient à Thérac et Hadarah représentait des liens spirituels et émotionnels sans doute plus forts qu'une passion enflammée par le sexe. Toutefois, elles restaient persuadées que l'union de leur corps embrasserait celle de leur âme.

Malgré leurs questionnements, elles ne doutaient pas de leurs sentiments.

Sienna et Thérac avaient abordé le sujet. La réponse de l'Estrellien ne laissait aucun doute quant à la réciprocité de ce qu'elles éprouvaient. Il confia à Sienna.

– J'ai traversé une partie de l'espace, rencontré d'autres femelles de races différentes. Jamais dans tout cet univers je n'ai ressenti cet amour pour l'une d'elles, une telle explosion de bonheur comme celle que je ressens en étant près de toi. Jamais je n'ai ressenti cette flamme qui me consume lorsque je suis loin de toi. Sienna, l'amour que j'éprouve pour toi est inconditionnel, inébranlable et unique. C'est pourquoi je ne peux pas prendre en considération le fait que nous nous connaissons à peine. Je suis persuadé qu'avec le temps il deviendra encore plus fort, si c'est possible. Ne doute pas Sienna, le temps ne définit pas la puissance des sentiments.

Ce fut après cette déclaration que Sienna décida de retourner sur Estrella et de vivre auprès de Thérac.

Saona quant à elle n'avait pas pris en considération les sentiments profonds qu'elle éprouvait pour Hadarah lorsqu'elle avait choisi de rester sur Estrella.

Cette planète ne lui était pas inconnue, pourtant elle ne la connaissait pas. Elle n'avait pas eu le temps de la découvrir. Mais dans son cœur, elle était persuadée qu'Estrella représentait sa « maison ». Comme un endroit retrouvé après avoir été perdu pendant des millénaires.

Peut-être que dans une autre vie, son âme avait résidé sur la planète. Pourquoi pas ? Elle devait accepter ce que l'univers lui offrait si généreusement.

En cet instant, seul lui importait la vie d'Hadarah et son cœur se serrait à l'idée qu'il puisse être blessé ou disparaître. Elle devait rester positive, le destin ne les aurait pas mis sur le même chemin pour les séparer si rapidement. Combien de couples se rencontraient en vivant à des années-lumière l'un de l'autre ? Non. L'avenir s'avérerait long et radieux avec Hadarah.

Quant au commandant, le travail ne lui laissait que peu d'occasions de se poser des questions sur ses sentiments pour Saona. Il n'avait jamais éprouvé d'émotions si intenses lorsque les lèvres de Saona s'étaient posées sur les siennes. Ajouté à l'immense attirance qu'il avait ressentie pour elle dès leur premier regard, Hadarah ne doutait pas qu'il n'y aurait jamais pour lui une autre femme, dans tout l'univers.

Sa seule crainte représentait le danger qui les entourait, tant qu'ils n'auraient pas rejoint Estrella. Mais pour l'heure, il devait penser à Nadah et sa cousine ainsi qu'aux autres prisonnières de Rodav.

À regret, il devait mettre de côté les pensées concernant Saona. La mission dangereuse requérait toute son attention. Il espérait seulement que Saona comprenait que pour pouvoir l'accomplir le plus sereinement possible, il devait la savoir en sécurité sur le Vengador.

Les deux vaisseaux restaient dans le même sillage. Mais en vitesse hyperespace, ils devaient garder une distance plus importante. Ils traverseraient deux trous de ver avant d'arriver dans la galaxie de la planète Dragemione. Lorsqu'ils l'auraient atteinte, le Vengador se rapprocherait.

Le passage des deux trous de ver fut turbulent, mais les deux vaisseaux en sortirent indemnes. Le Vengador avait rejoint Kamer et s'approchait de Dragemione. Les équipages étaient en ébullition. L'excitation et l'appréhension se lisaient sur tous les visages.

Côté estrellien, la détermination pour libérer la sœur et la cousine du commandant balayait tout autre sentiment.

Chez les dragemions, la peur restait visible, ils craignaient d'être massacrés lorsque la mission des Estrelliens serait accomplie.

Hadarah présentait un regard fermé et stoïque.

HS

Chapitre 13

Kamer contacta le port spatial pour avertir de l'arrivée de deux navettes, elles rejoindraient le domaine du seigneur Rodav.

Il reçut immédiatement l'autorisation. Les navigateurs estrelliens interrompirent ensuite toutes les communications avec la planète.

Kamer et son équipage furent tous enfermés près de la salle des machines où ils n'auraient aucune possibilité de s'échapper.

Hadarah et ses hommes revêtirent de longs manteaux arachiss qui cacheraient leur apparence ainsi que leurs armes.

Dayvita embarqua sur la navette. Pour la première fois, son visage exprimait la peur.

– J'espère que vous respecterez notre marché, Dayvita.

– Et vous le vôtre, commandant Hadarah.

– Je n'ai qu'une parole, vous ne subirez aucune souffrance physique tant que vous respecterez le plan.

– Croyez-moi, je n'ai pas l'intention de vous trahir. Mon père ne me pardonnera jamais de vous avoir aidé et de vous avoir révélé qu'il possédait Nadah. Les souffrances dont vous me menacez ne sont rien en comparaison de ce que mon père me ferait subir. Il ne doit pas s'en sortir vivant.

– Très bien. Alors, allons libérer ma sœur.

– Une dernière chose, ne vous attendez pas à ce qu'elle vous saute dans les bras. Tous les jouets sont drogués pour les rendre dociles, ajouta Dayvita.

– Ce ne sera pas un problème si elle ne me reconnaît pas. L'essentiel est qu'elle nous suive et qu'elle soit vivante.

Dayvita hocha la tête. Elle n'aurait jamais pensé être débarrassée de ce père malfaisant. Il était son géniteur, rien de plus. Il s'était servi d'elle depuis sa tendre enfance qui fut loin d'être douce, mais bercée de violences. Il avait mis à profit l'amitié de Theavide pour Dayvita. L'idée de prendre la place de la jeune femme venait de Rodav.

Dayvita avait obéi pour échapper aux tortures infligées par son père sur elle et ses proches. La vie sur Estrella avait représenté une bouffée d'air pour Dayvita. Mais elle restait sous la coupe de son père. Il demandait des résultats, l'obligeait à contraindre les scientifiques à commettre des expériences immondes. Contrairement à ce que Hadarah pensait, le commanditaire était Rodav. Elle et ses frères n'étaient que des pions, même si ces derniers prenaient plaisir à suivre les traces de leur géniteur.

Elle avait eu l'audace de refuser une expérience sur des enfants. En représailles, Rodav avait défiguré sa petite sœur Tia, avant de la vendre comme esclave. La pauvre avait mis fin à ses jours.

Quel choix avait Dayvita ? Aucun, mais elle savait que personne ne la croirait.

Elle ferait son possible pour libérer les jeunes femelles, mais aussi ses demi-sœurs, prisonnières de leur père.

Elle avait bien compris ce qu'Hadarah lui avait promis en échange de son aide. Elle n'était pas stupide. Aucune souffrance physique n'impliquait pas qu'elle ne subirait pas des souffrances mentales. Elles les avaient endurées, si perverses, si insidieuses. Dayvita en connaissait trop bien le résultat et les traces qu'elles laissaient. Elle ne les supporterait pas. Elle préférait mourir plutôt que d'avoir encore à subir de tels supplices, mais elle espérait pouvoir emporter tous les monstres avec elle…

Les navettes atterrirent tour à tour sans incident. Les gardes saluèrent Dayvita sur leur passage, avant d'être éliminés par les hommes d'Hadarah.

Dayvita, suivie de l'équipe du commandant, ne rencontra aucune difficulté à pénétrer dans le château. Le groupe se sépara. Dayvita se dirigea avec Hadarah et deux de ses hommes vers l'antre de Rodav pendant que le reste de l'équipe se débarrassait discrètement de tous les gardes rencontrés sur le chemin du Donjon.

Le plan fonctionnait pour le moment à la perfection. Le plus compliqué serait d'évacuer les prisonnières sans que personne le réalise et sans que l'alerte soit donnée sur la planète.

Hadarah comptait sur les plans du tunnel que Dayvita leur avait remis, en espérant qu'il existait. Il reliait le donjon à l'extérieur du château. Ce tunnel qu'elle empruntait pour rendre visite à ses sœurs et ses amies, la nuit, lorsque les surveillantes des prisonnières dormaient tranquillement. Lorsque Hadarah avait demandé à Dayvita pourquoi elle ne l'avait pas utilisé pour faire échapper les jeunes femmes, celle-ci avait répondu : « Pour aller où ? Sans vaisseau, nous ne pouvions pas quitter Dragemione. » Elle n'avait pas tort, elles auraient risqué leur vie pour rien.

Dayvita et Hadarah rejoignirent les appartements de Rodav. Les gardes furent rapidement réduits au silence.

Dayvita frappa et attendit une réponse avant d'entrer.

– Dayvita ! Ma chère fille, comme je suis heureux de constater que tu as enfin accompli ta mission. Où sont mes jouets ?

Hadarah s'approcha de Dayvita et dévoila son visage. Le visage de Rodav changea d'expression et devint rouge de colère.

– Pas de marchandise pour vous, Rodav et plus jamais vous n'en acquerrez, expliqua froidement Hadarah.

– Ah ! le commandant Hadarah, je présume. Tu m'as trahi, Dayvita. Tu sais pourtant ce que je réserve à tes sœurs pour ta désobéissance.

– Oui, mais elles comprendront un jour, ici, ou dans l'au-delà que pour sauver des milliers de vies, il faut être prêt à en sacrifier, rétorqua Dayvita sans aucune hésitation ni peur.

Pour la première fois, elle ne craignait plus le monstre écœurant devant elle. Pour la première fois, elle se réjouissait de connaître le moment où il paierait pour tous ses horribles méfaits. Pour la première fois, Dayvita se sentit soulagée et libre.

– Toi ? Te sacrifier ? Mais laisse-moi rire !

Mais Rodav ne riait pas, son visage exprimait l'inquiétude et l'incertitude devant le regard noir et froid de sa fille.

– Écarte-toi de ton bureau ! Tu ne rejoindras pas le tunnel et le commandant ne te laissera pas le temps de saisir ton arme. Sois honorable, pour une fois dans ta vie ! hurla Dayvita.

– Jamais ! rétorqua Rodav.

Il tenta de s'approcher de son bureau, mais Dayvita saisit un couteau qu'elle avait repéré dans la navette, dans la poche du manteau d'Hadarah.

Elle effectua sa manœuvre à une rapidité qui surprit tout le monde. Avec une agilité et une précision sans faille. Elle lança la lame avec force sur son père et la planta au milieu du front de Rodav. Il s'écroula sans avoir eu le temps de réaliser ce qui se déroulait sous ses yeux.

Hadarah fixa Dayvita, surpris par son action.

– Il devait mourir. Mais ce n'est pas terminé, mes frères se trouvent dans l'aile ouest. S'ils s'échappent, ils vont prévenir la capitale et donner l'alarme. Des membres du conseil de Dragemione sont impliqués dans le commerce de mon père. Mes frères sont leurs contacts.

– Montrez-nous où les trouver ! ordonna le commandant.

Ils suivirent Dayvita qui se frayait un chemin entre les corps des gardes pour atteindre un mur. Elle appuya sur une des pierres et fit pivoter un pan.

– C'est un raccourci, il mène dans leurs appartements.

Le tunnel était éclairé par des torches artificielles. Dayvita se mit à courir.

– Pressez-vous, l'alarme silencieuse est déclenchée.

Malheureusement, le temps d'arriver, il était trop tard. Les appartements étaient vides.

– Ils vont tenter de rejoindre le vaisseau de Kamer. Vous devriez prévenir vos hommes, proposa Dayvita.

Hadarah entra en action sans lui répondre.

– Thérac, une navette va essayer de rejoindre Kamer. Tu dois l'intercepter, nous avons coupé les communications, impossible de les prévenir. Il ne faut pas qu'ils atteignent le vaisseau.

– Compris, répondit Thérac.

Le second du commandant entra immédiatement en action. Le Vengador s'éloigna du vaisseau de Kamer pour se positionner devant lui et attendit de voir la navette dragemione arriver. Il prévint les canonniers de préparer les canons laser. Il ordonna que l'on ouvre le volet protégeant la baie vitrée du pont du vaisseau. Il préférait surveiller de ses yeux l'approche du transport plutôt que sur les radars. Il fut prévenu que la navette serait bientôt à bonne distance. Dès qu'elle fut dans la ligne de mire du Vengador, Thérac donna l'ordre de tirer pour détruire. En quelques secondes, la navette explosa en milliers de débris. Le second du commandant ordonna la fermeture du volet et le repositionnement derrière le vaisseau de Kamer. Thérac prévint immédiatement de la mission accomplie et de la destruction intégrale de la navette Dragemione.

– C'est réglé, le Vengador les a arrêtés. Désolé, mais il devait les abattre, annonça Hadarah.

– Ne soyez pas désolé, ils étaient aussi abominables que mon père. Nous devrions rejoindre les autres pour les aider avec toutes les prisonnières. Nous devons quitter rapidement la planète, ils ont certainement eu le temps de prévenir la capitale, ajouta Dayvita.

– Nous vous suivons.

Hadarah ne savait plus quoi penser de Dayvita. Elle possédait deux visages. Celui d'une manipulatrice et celui d'une enfant maltraitée qui voulait sauver des vies.

Comment pouvait-il être sûr de son vrai visage ? Existait-il des circonstances atténuantes pour tous les crimes qu'elle avait commis ? Depuis que Rodav avait menacé les sœurs de Dayvita, il se demandait si elle non plus n'était pas une victime.

Mais pour l'heure, il devait se focaliser sur la libération de sa sœur, de sa cousine et de toutes les victimes de Rodav.

Ils arrivèrent dans le donjon. L'évacuation avait commencé, mais les prisonnières étaient bien plus nombreuses que prévu.

– Je vous ai dit qu'il possédait de nombreux jouets, répondit Dayvita à sa question silencieuse.

– Dayvita ? demanda une voix agressive.

– Commandant, ces cinq femelles étaient sous les ordres de mon père et prenaient plaisir à maltraiter les jeunes femmes. Elles se chargeaient aussi de tuer celles qui étaient devenues trop vieilles, c'est-à-dire au-dessus de trente-cinq ans.

– Tu es une traîtresse ! hurla l'une d'elles.

– Et fière de l'être, répondit Dayvita.

Les cinq femmes furent appréhendées sous les regards terrifiés des prisonnières. Dayvita s'approcha d'elles.

– C'est terminé, il est mort. Il ne pourra plus rien vous faire. Je vous le promets, ajouta Dayvita. Où sont Thea et Nadah ?

– Dans le tunnel, elles sont parties les premières, elles sont très malades, répondit une des jeunes femmes en sanglotant. Leurs plaies sont infectées, elles nous ont empêchées de les nettoyer, ajouta-t-elle en montrant du doigt les cinq femmes. Nous craignions de suivre les étrangers.

– Tout ira bien, elles vont être soignées. Je vous présente le commandant Hadarah. Il est le frère de Nadah et le cousin de Thea. Il est là pour toutes vous libérer et pour vous permettre de retrouver vos familles. Suivez ces hommes sans crainte, expliqua Dayvita.

– Merci, Dayvita. Pour tout ce que tu as fait pour nous protéger.

La jeune femme prit Dayvita dans ses bras.

– Nous n'avons plus de temps à perdre, je vous en prie, partez, insista Dayvita.

Les prisonnières partirent en courant vers le tunnel suivi de leurs geôlières ligotées.

Hadarah allait vraiment de surprise en surprise avec Dayvita. Il secoua la tête et poussa Dayvita vers le tunnel. Une enquête approfondie s'imposait sur le rôle réel de l'usurpatrice.

Au moment, d'entrée dans le tunnel, Hadarah reçut un appel du Vengador.

– Nous avons repris notre position, je pense que vous devez accélérer la mission. Nous avons intercepté un message en provenance de la navette dragemione au conseil de leur planète. Ils ont juste dit qu'ils subissaient une attaque et avaient besoin de renfort. La bonne nouvelle est que Dragemione ignore qui sont les « agresseurs ».

– Parfait. Ne tire pas sur nous, nous allons arriver avec plus de navettes et de monde que prévu. Je t'expliquerai. Préviens l'unité médicale que nous ramenons des femelles qui requièrent des soins.

– Elles sont vivantes ? demanda Thérac.

– Nadah et Theavide, oui. Mais je ne les ai pas encore vues, elles seront les premières à arriver. Je te laisse.

Hadarah coupa la communication et se précipita dans le tunnel.

Chapitre 14

Les premières navettes arrivèrent sur le Vengador. Derrière les vitres donnant sur le hangar d'atterrissage attendait l'équipe médicale avec des brancards. Près d'eux, Saona, Sienna et leurs gardes se trouvaient devant de longues tables où des boissons et des repas étaient servis.

Des lits, tables et sièges avaient été installés dans une pièce adjacente pour que les victimes puissent se restaurer et être soignées.

Saona et Sienna ne purent retenir leurs larmes lorsqu'elles posèrent les yeux sur les premières jeunes femmes. Elles portaient toutes des chemises longues en voilage coloré qui ne cachaient rien de leur anatomie.

Saona cria aux gardes :

– Il faut des couvertures, elles ne peuvent pas rester ainsi !

L'un des gardes donna l'ordre d'apporter d'urgence de nombreux parcorps, des peignoirs estrelliens.

Saona observa les soigneurs accueillir les deux premières victimes. Elles semblaient bien mal en point. Des hématomes et des lésions couvraient et leurs bras et leurs jambes. Le visage des estrelliens qui les portaient était empreint de tristesse et de colère. Ils posèrent délicatement les jeunes femmes.

Elles restèrent sans réaction. Elles furent immédiatement transportées dans l'unité de soins.

Saona essuya ses larmes et se mit à sourire aux nouvelles venues qui entraient une à une dans la salle aux moments où les peignoirs arrivèrent.

Saona en saisit plusieurs et approcha les victimes.

– Tenez, ils vous tiendront chaud, dit-elle en offrant la protection aux jeunes femmes. Soyez les bienvenues sur le Vengador. Nous pouvons vous proposer des boissons et de la nourriture.

– Merci, répondit l'une d'elles d'une voix à peine audible. Qui êtes-vous ?

– Une rescapée, j'étais destinée à vous rejoindre. Les estrelliens nous ont sauvé la vie, mon amie et moi.

– C'est gentil de nous accueillir, répondit la jeune femme d'une petite voix frêle.

– Avec plaisir. Connaissez-vous Nadah et Theavide ?

– Oui. Ils viennent de les emmener. Elles sont très malades, depuis plusieurs jours. Nous n'avions pas le droit de nous occuper d'elles. Elles étaient punies.

Saona blanchit et se tourna vers un de ses gardes.

– Pouvez-vous prévenir l'unité médicale de leur identité et leur dire d'avertir Hadarah sur leur condition ?

Le garde hocha la tête et appela immédiatement.

Le défilé des jeunes femmes continua ainsi jusqu'à l'atterrissage de la dernière navette.

Hadarah et Dayvita furent les derniers à en sortir. Il donna l'ordre d'emmener Dayvita dans son bureau sous bonne garde.

Dès qu'elle fut partie, Saona courut vers Hadarah.

– Je suis tellement heureuse que tu sois revenu, dit-elle après lui avoir donné un baiser de bienvenue sous les applaudissements de son équipe. Désolée, je n'ai pas pu me retenir, dit Saona, en appuyant sa tête contre l'épaule d'Hadarah qui chuchota.

– j'aime beaucoup ton accueil.

Puis, à l'attention de l'équipage, il informa :

– Le spectacle est terminé, nous avons encore une mission avant de rentrer, alors au travail, ordonna Hadarah en souriant.

– Hadarah. Nadah et Theavide ont été transportées au centre médical. J'ai demandé que l'on t'informe rapidement de leur état de santé.

– Merci. Les as-tu vues ?

– Juste aperçu, acquiesça Saona les larmes aux yeux.

– À ce point-là ?

– Je suis certaine que tes soigneurs vont les guérir rapidement, ajouta Saona pour le rassurer.

Ce que Saona omit de révéler était que physiquement elle n'en doutait pas, mais que psychologiquement seul le temps pourrait, tout au moins en partie, effacer leur traumatisme.

– Je n'ai pas le temps d'aller les voir, je dois m'occuper de Kamer.

– Qu'as-tu décidé ? demanda Saona.

– De les laisser sur une planète abandonnée dans une autre galaxie.

– Je comprends.

– Tu penses que c'est une mauvaise décision ?

– Non, en ce qui concerne Kamer. Pour le personnel, je ne suis pas certaine qu'ils le méritent tous. Certainement pas le petit personnel. Comme les arachiss, ils étaient sans doute obligés et ont peut-être des familles qui les attendent. Mais quoi qu'il en soit, tu sauras prendre la bonne décision, j'en suis certaine. Je ne suis qu'une petite terrienne qui ne connaît rien à ce monde d'extraterrestres.

– Tu es bien plus que cela et j'apprécie ton honnêteté et tes opinions, ainsi que tout ce que tu as préparé pour aider les victimes. Je dois partir, mais je reviens vite et nous rentrerons chez nous.

Hadarah déposa un baiser sur les lèvres de Saona, puis ordonna à son équipe de l'accompagner.

Saona retourna auprès des jeunes filles pour essayer de leur apporter une aide morale. Ensuite, elle se rendrait au centre médical pour obtenir des nouvelles de Nadah et Theavide.

Elle fut surprise par une question d'une des victimes.

– Où est Dayvita ?

– Vous n'avez plus rien à craindre, elle se trouve sous bonnes gardes.

– Pourquoi ? demanda la jeune fille étonnée par la réponse.

– Pour qu'elles répondent de ses crimes, expliqua Saona.

– Quels crimes ?

– Les enlèvements bien sûr, et les expériences dans son laboratoire sur Estrella, répondit Saona.

– Mais vous vous trompez ! Dayvita est innocente. Tout ce qu'elle a fait, c'était pour nous protéger. Elle n'avait pas le choix. Notre père l'obligeait à commettre toutes ces horribles choses. Si ma sœur ne nous avait pas protégées, nous serions toutes mortes dans d'atroces souffrances à l'heure qu'il est. Regardez Nadah et Theavide, voilà comment ils nous punissaient.

– Vous êtes la sœur de Dayvita ? s'écria Saona en reculant instinctivement.

Les gardes se précipitèrent et repoussèrent la jeune femme. Une dizaine de victimes aux traits similaires approchèrent.

– Nous sommes les sœurs de Dayvita. Elle est la plus courageuse d'entre nous.

Saona ne croyait pas ce qu'elle entendait. *« Dayvita serait-elle également une victime ? Mais comment cela serait-il possible* ? » se demanda-t-elle.

– Ne vous inquiétez pas pour votre sœur, le commandant Hadarah répondra à toutes vos questions la concernant dès son retour, annonça Thérac qui venait d'arriver. En attendant, reposez-vous et nourrissez-vous.

– Et Kamer ? demanda l'une des sœurs.

– Le commandant s'occupe de lui, il est sur son vaisseau, informa Thérac.

– Kamer et ses officiers sont des monstres comme père, vous ne devez pas les libérer, annonça la jeune femme tremblante de peur.

– Je le préviens tout de suite, ne vous inquiétez pas, vous n'avez plus rien à craindre.

Thérac appela Hadarah immédiatement pour l'informer de tout ce qu'il venait d'entendre.

Lorsqu'il eut terminé, d'autres questions l'attendaient.

– Qu'allez-vous faire de nous ? Nous ne pouvons pas retourner sur Dragemione. Les amis de mon père et de mon frère nous captureraient de nouveau.

– Nous n'en avions pas l'intention. Nous vous emmenons sur Estrella. Lorsque vous serez remises, vous pourrez décider où vous voulez vivre, précisa Thérac.

– Merci, répondit-elle soulagée et reconnaissante. Et pour Dayvita ?

– Je ne peux pas vous répondre pour le moment. Le roi décidera de son destin.

– Dans ce cas, nous devrons toutes parler au roi pour qu'il comprenne que notre sœur a sans doute commis des crimes, mais seulement dans le but de toutes nous protéger, insista une des sœurs de Dayvita.

– Je suis désolé, je ne suis pas habilité à prendre de telles décisions. J'en parlerai au fils du roi, le commandant Hadarah. Il désirera sûrement s'entretenir avec vous. Je dois vous laisser. Nous allons bientôt partir. Je vous demande d'essayer de vous reposer. S'il vous manque quelque chose, n'hésitez pas à les demander aux gardes.

Thérac n'attendit pas de réponses et prit la direction du pont. Le Vengador devait s'apprêter pour le départ dès le retour d'Hadarah.

Quelques instants plus tard, Hadarah atterrissait avec ses hommes et des prisonniers. Il donna l'ordre aux navigateurs d'activer le bouclier et de s'éloigner au plus vite de Dragemione.

Il passa rapidement embrasser Saona en l'informant qu'il lui expliquerait tout plus tard et rejoignit Thérac.

Chapitre 14

En entrant sur le pont, Hadarah sentit l'excitation de son équipage heureux de retrouver bientôt Estrella.

Pour le commandant, le travail se terminerait lorsque tous les coupables seraient jugés. Tout au moins, ceux qui pourraient l'être…

– Hadarah ?

– J'écoute, répondit-il à Thérac.

– Le vaisseau de Kamer vient d'allumer ses propulseurs.

– Je sais.

– Tu le laisses partir ? demanda Thérac étonné de la réaction de son ami.

– Oui, il va rejoindre son père, lui et sa cohorte de monstres. Le vaisseau est en pilotage automatique. Il se dirige tout droit vers le château. Ils sont tous enfermés dans une réserve. Ils vont avoir le droit à un joli feu de joie, déclara Hadarah, satisfait de sa décision. Rentrons à la maison. Je vais voir ma sœur, ma cousine et Saona avant de m'occuper de Dayvita. Qu'elle reste sous bonne garde.

– Très bien.

Hadarah se rendit au centre médical. Il y retrouva Saona, elle marchait de long en large.

Lorsqu'elle le vit, elle sourit et courut vers lui pour l'embrasser.

– Tu as des nouvelles de Nadah et Thea ?

– Non, toujours rien. Ils m'ont juste dit qu'ils avaient besoin de plus de temps avant de donner un statut sur leur état. Tu es sûrement arrivé à temps pour les sauver.

– Elles vont survivre. Elles ont survécu toutes ces dernières années. Si seulement Dayvita nous avait avertis…

– À propos d'elle. Je ne suis pas certaine qu'elle soit responsable de tous les crimes qu'on lui reproche, informa Saona.

– Je me pose la même question. Apparemment, elle protégeait les prisonnières. Je ne sais pas encore comment. Rodav l'a menacée de s'en prendre encore à ses sœurs avant qu'elle ne lui jette mon couteau en pleine tête.

– Elle a tué son père ? demanda Saona surprise et choquée.

– Oui, sans aucun remords apparent, précisa Hadarah.

– Ses sœurs se sont montrées catégoriques, à leurs yeux, il n'y a aucun doute, elle est innocente des crimes dont nous l'accusons.

– Comment le croire ? Toutes ces années où elle a pris la place de Theavide, elle aurait pu nous prévenir.

– Vous ne l'auriez certainement pas crue. Elle devait craindre son père et les répercussions sur ses sœurs, commenta Saona.

– Mais comment expliquer toutes ces expériences horribles ?

– Comment savez-vous qu'elle en est responsable ? Avez-vous des preuves ? demanda Saona.

– Nous avons tous les documents trouvés dans son bureau, nous en avons déduit qu'elle était responsable, puisque le laboratoire lui appartenait. Pourtant, depuis la mission du donjon, je doute de sa culpabilité. Certains détails ne collent pas avec les faits qui lui sont reprochés. Elle a tué son père. Elle a dénoncé les femmes qui travaillaient pour Rodav. Elle aurait pu ne rien dire. Elle a réassuré les jeunes filles qui l'ont accueillie à bras ouverts. Ce que je ne comprends pas c'est pourquoi elle ne dit rien. Pourquoi ne cherche-t-elle pas à se défendre ? enquit Hadarah.

– Peut-être qu'elle se sent en partie responsable. Elle participait aux enlèvements, apparemment malgré elle. Mais peut-être qu'elle ne se pardonne pas. Comme le fait d'avoir trompé tes parents et d'avoir pris la place de Theavide, proposa Saona.

– Tu as peut-être raison…

– Commandant ?

– Oui.

– Les deux jeunes femmes sont tirées d'affaire. Mais leurs blessures sont importantes et très infectées. Elles ont subi également une importante perte de poids et étaient déshydratées. Les lésions étaient dues à des coups de fouet répétés qui ont pénétré la peau et causé les infections, informa un soigneur.

Hadarah blanchit.

– Excusez-moi, mais ces jeunes femmes sont la sœur et la cousine du commandant.

– Je suis désolé, commandant, je l'ignorais.

– Ce n'est pas grave, je veux savoir de quoi elles souffrent, mais mes parents doivent tout ignorer de leur état, informa Hadarah.

– Je vais transmettre vos ordres dans le service, commandant, et informer tous les soigneurs de leur identité.

– Très bien, continuez.

– Elles sont toutes les deux plongées dans un sommeil artificiel pour les jours à venir. Leur corps et leur cerveau ont besoin de repos. Elles vont être progressivement nourries et hydratées. Elles resteront sous surveillance constante, mon commandant. Mais je suis confiant qu'elles vont guérir rapidement. En revanche, je pense que les blessures de l'âme seront les plus longues à cicatriser. Mais je pense également que de retrouver leur famille et de se sentir protégées les aideront à surmonter leurs peurs et leurs traumatismes.

– Merci, pour votre honnêteté. Pouvons-nous les voir ? enquit Hadarah.

– Oui, bien entendu. Vous pourrez ainsi nous indiquer laquelle est votre sœur ou votre cousine.

Hadarah prit la main de Saona.

– Veux-tu m'accompagner ? demanda-t-il à Saona, ne voulant pas lui infliger du désarroi.

– Seulement si tu le désires, je comprendrai si tu veux être seule avec Nadah.

– J'aimerais que tu sois présente, mais je désire être certain que cela ne te traumatise pas et ne te rappelle pas de mauvais souvenirs.

– Tout ira bien. Je t'accompagne, ne t'inquiètes pas, je sais dans quel état elles sont, j'ai assisté à leur arrivée, expliqua Saona.

– Très bien, si tu es certaine.

– Je le suis.

Hadarah et Saona suivirent le soigneur dans le premier habitacle.

– Nadah ! déclara immédiatement Hadarah d'une voix brisée par l'émotion. Des larmes roulèrent sur ses joues. Il lâcha la main de Saona et s'approcha de sa sœur. Elle semblait si paisible. Les hématomes sur son visage et ses bras témoignaient de l'enfer qu'elle avait vécu.

– Je peux la toucher ? demanda-t-il au soigneur.

– Oui, mon commandant.

Hadarah prit délicatement la main de sa sœur et la souleva légèrement. Il se baissa pour y déposer un doux et tendre baiser.

Nadah ressemblait énormément à Hadarah avec un visage plus fin. Ses lèvres étaient pâles et fissurées. Ses cheveux avaient été coupés très court, mais pas par un coiffeur.

Saona se recula pour donner à Hadarah plus d'intimité. Elle l'entendait lui murmurer combien il était désolé de ne pas avoir appris plus tôt qu'elle était vivante. Il lui demandait pardon de l'avoir délivrée si tard.

Hadarah s'écarta du lit et essuya ses larmes. Il se retourna et dit au soigneur.

– Prenez bien soin d'elle et prévenez-moi du moindre changement.

– Oui, bien entendu, mon commandant.

– Allons voir Thea.

Lorsqu'il s'approcha de Thea, il se rendit compte qu'elle se trouvait dans le même état que Nadah. Elle aussi avait les cheveux coupés dans tous les sens et était recouverte de bleus. Dayvita lui ressemblait tellement, il comprenait pourquoi le roi et la reine n'avaient pas découvert le subterfuge. Quant à Hadarah, il n'avait que de vagues souvenirs de jeunesse de Thea.

Le commandant donna les mêmes instructions au soigneur concernant Thea avant de demander :

– Combien d'entre elles ont requis des soins importants ?

– Votre sœur et votre cousine sont les pires cas constatés jusqu'à maintenant. Mais nous ne les avons pas encore toutes examinées. C'est compliqué, nous n'avons que deux soignantes et les jeunes femmes refusent d'être touchées par des hommes. Ce qui est tout à fait compréhensible.

– Excusez-moi, interrompit Saona. Sur Terre, il n'était pas rare pour un médecin, enfin pour vous un soigneur, d'être accompagné par du personnel féminin pour rassurer les femmes. Sienna et moi-même nous ne sommes pas spécialisées dans le médical, mais je pense que ces jeunes femmes nous font confiance. Peut-être pourrions-nous être présentes et simplement leur tenir la main pendant l'examen pour les aider à ne pas avoir peur. C'est juste une suggestion, je ne vous en tiendrais pas rigueur si vous pensez que c'est une mauvaise idée, précisa Saona.

– Je pense au contraire que c'est une magnifique idée, si le commandant n'y voit pas d'inconvénients, assura le soigneur.

– Je n'y vois absolument aucun problème, bien au contraire. Toutefois, j'exige que les gardes de Saona restent à l'extérieur de l'habitacle. Nous ne connaissons pas ces jeunes femmes et nous ignorons si certaines d'entre elles travaillaient pour Rodav, même si j'en doute, ajouta Hadarah.

– Dans ce cas, dites-moi quand vous voulez commencer euh… Pardonnez-moi mon commandant, mais je ne sais pas comment appeler votre compagne.

– Je m'appelle Saona. Je ne suis pas seulement la compagne du commandant.

– Vous avez entendu, vous avez votre réponse : Saona ou princesse Saona.

La jeune femme se retourna vers Hadarah les yeux écarquillés et la bouche bée. Elle prit Hadarah par le bras et l'entraîna dans le couloir.

– Hadarah, prince d'Estrella ! Tu ne peux pas balancer ce titre sans m'en avoir parlé ! murmura Saona sur un ton sec.

– Pardon, je ne voulais pas te mettre mal à l'aise. Mais je ne vois pas où est le mal, tu vas devenir Princesse d'Estrella.

– Pour le moment, je ne suis que ta compagne, alors j'aimerais bien que l'on attende avant de m'affubler d'une étiquette, précisa Saona d'une voix irritée.

– Ma douce Saona, je plaisantais. Le soigneur l'a compris. Il n'avait pas l'intention de t'appeler Princesse Saona. En tout cas, je suis très heureux de constater qu'à mon instar tu ne coures pas après le titre, ajouta-t-il avec un large sourire.

– Non, celui que j'aime c'est Hadarah. Je me moque qu'il soit prince ou palefrenier.

– Ravi de savoir que tu m'aimes, dit-il en riant.

– Oh ! tu es incorrigible !

– Qu'est-ce qu'un palefrenier ? enquit Hadarah.

– C'est une personne qui prend soin des chevaux, ce sont des animaux domestiqués. Ce que je veux dire c'est que ton titre ou tes finances ne m'intéressent pas. Seulement toi.

Hadarah enlaça Saona et l'embrassa passionnément.

– Moi aussi, je t'aime, murmura-t-il.

Un raclement de gorge se fit entendre.

– Désolé, commandant. Nous allons bientôt entrer dans le trou de ver, prévint Thérac.

– J'arrive. Je te laisse, princesse Saona, dit-il en riant.

Saona le tapa sur l'épaule et rejoignit le soigneur. Hadarah entendit la jeune femme insister sur le fait qu’il ne devait en aucun cas l’appeler princesse, mais simplement Saona.

Hadarah éclata de rire et Thérac aussi.

– Ta princesse a du caractère.

– C’est peu de le dire mon ami, c’est peu de le dire.

Chapitre 15

Le Vengador avait rejoint la galaxie Tarelle, après le passage du trou de ver. Il mettrait deux jours à rejoindre Estrella.

Hadarah se rendit enfin dans son bureau pour s'occuper de Dayvita. Il lui apporta aussi une boisson et de la nourriture pour lui montrer qu'il désirait lui accorder le bénéfice du doute.

– Voici un peu de ravitaillement. Dis-le, si tu as encore faim quand tu auras terminé.

Dayvita observa Hadarah, surprise par son comportement.

Le commandant prit place à son bureau, s'assit dans son large fauteuil et fixa intensément Dayvita qui dévorait son repas.

Elle leva les yeux.

– Quoi ?

– À toi de me dire ce que tu caches, Dayvita.

– Je peux déjà te dire que j'ai horreur de Dayvita. Je préfère Vita.

– Très bien, Vita. Alors que caches-tu ?

– Pourquoi penses-tu que je cache quelque chose ? interrogea Vita.

– Je te l'ai déjà dit, c'est moi qui pose les questions.

– Dans ce cas, précise ta pensée ? rétorqua la jeune femme.

– Pourquoi ne te défends-tu pas des crimes dont on t'accuse ?

Vita baissa la tête et soupira.

– Parce que je suis coupable et que je mérite d'être punie.

– Tes sœurs ne sont pas de ton avis.

– Parce qu'elles ne connaissent pas les détails des crimes que j'ai commis, expliqua Vita.

– De quels crimes parles-tu ?

– Beaucoup trop pour les énumérer.

– J'ai tout mon temps, Vita. Quels crimes inavouables as-tu commis ? insista Hadarah.

Vita posa ses couverts et prit sa tête entre ses mains, puis frotta son visage. Elle releva la tête et cria :

– J'ai tué ma mère ! Tu es content ?

– Comment l'as-tu tuée ? rétorqua Hadarah sans montrer aucune émotion.

Quelque chose lui laissait penser que Vita ne lui disait pas tout.

Vita baissa de nouveau la tête et la secoua en sanglotant.

– Je l'ai tuée, c'est tout…

– Vita ! Regarde-moi ! Je ne sais pas pourquoi, mais je ne te crois pas, alors regarde-moi ? Comment ta mère est-elle morte ?

Vita releva doucement sa tête et regarda vaguement Hadarah.

– Elle était encore enceinte, avoua Vita d'une voix à peine audible et cassée par le chagrin. Je lui ai dit innocemment que j'espérai que ce ne serait pas une fille. Elle m'a demandé pourquoi, expliqua-t-elle.

Vita prit une forte inspiration et continua ses révélations.

– Je lui ai dit que si c'était un garçon, mon père ne le toucherait pas et ne lui ferait pas mal.

– Quel âge avais-tu ?

– Je ne sais plus, onze ans, je crois. Ensuite, maman m'a demandé ce que je voulais dire et je lui ai expliqué. Je ne savais pas ce qu'elle allait faire. À cet âge, je croyais qu'elle le savait puisqu'il lui faisait la même chose. Mais maman s'est mise en colère et est allée confronter Rodav, elle en est morte. Il l'a étranglée, a tué maman et le bébé. Tout ça par ma faute.

– Vita, tu étais une enfant. Rodav est responsable de la mort de ta mère, pas toi. Tu n'as commis aucun crime.

– J'en ai commis d'autres. Mon père voulait que je kidnappe des enfants pour pratiquer des expériences.

J'ai refusé, il voulait que des jeunes filles lui servent de mère porteuse pour ses nouvelles progénitures sans avoir à les toucher. Il commençait à avoir des problèmes de... Tu vois ce que je veux dire. Pour me punir de mon refus, il a défiguré Tia, ma petite sœur et l'a vendue à un marchand d'esclaves. Tia s'est échappée et s'est jetée du haut du Donjon.

Hadarah resta silencieux en entendant tous les horribles méfaits de Rodav. Il commençait à discerner le vécu de Vita et il était horrifié par ce qu'il apprenait.

– La perte de ta mère et de ta sœur n'est pas ta responsabilité. Tu as sauvé des jeunes filles. C'est pour cela que tu as accepté de prendre la place de Theavide ?

– Oui. Il menaçait de faire la même chose à mes petites sœurs. Et je n'ai pas eu le courage de refuser. Au début, je voulais tout dire à tes parents. Je me sentais tellement bien près d'eux et tellement libre. Ensuite, j'ai pensé à mes sœurs, à Thea, à Nadah et aux autres. Je ne voulais pas qu'elles payent pour mon égoïsme, parce que je voulais être heureuse. De plus, j'étais persuadée que tes parents ne croiraient jamais à mon histoire.

– Et les travaux dans le laboratoire ?

– Je n'y ai jamais participé. Je ne savais pas ce qu'ils faisaient et ne voulais pas savoir. Tu ne t'imagines pas le soulagement que j'ai ressenti lorsque tu es venu pour le fermer. Je t'ai vu. J'ai contacté un vaisseau pour que l'on vienne me chercher, car je savais que tu allais m'enfermer ou me tuer. Je n'avais aucune preuve que j'agissais sous la menace.

Vita prit une forte inspiration, se racla la gorge et continua ses explications.

– Avant de partir, j'ai déposé tous les dossiers que tu as trouvés dans mon bureau et ajouté la carte interstellaire. Je savais que tu me poursuivrais et que tu me retrouverais avec mon transmetteur.

– Alors, pourquoi t'être enfuie dans le tunnel et m'avoir agressé ?

– Parce que je ne savais pas que c'était toi, j'ai cru que vous étiez des terriens qui avaient été prévenus des enlèvements, expliqua Vita.

– Si tu savais que nous allions venir, pourquoi avoir fait kidnapper les deux terriennes ?

– Pour que Kamer ne me soupçonne pas de trahir mon père. Je devais gagner du temps, ajouta Vita.

– Pourtant, j'ai dû te pousser à être coopérative au début, commenta Hadarah.

– Je sais, à certains moments je doutais de moi et j'essayai de montrer la mauvaise femme que mon père espérait tant que je sois. Tu connais la suite.

– Et Kamer ?

– La copie conforme de Rodav. Un monstre. Il participait aux orgies de mon père avec les officiers de son vaisseau et mes autres frères. Que vas-tu faire de lui ? Il continuera l'œuvre de mon père si tu le relâches, affirma Vita.

– Il ne commettra plus aucune violence. Lui et ses officiers se sont écrasés sur le château de ton père avec leur vaisseau. Un tragique accident. Personne ne saura jamais comment s'est produit la chute du vaisseau sur Dragemione, expliqua froidement Hadarah.

Un léger sourire apparut sur le visage de Vita.

– Merci, répondit-elle simplement.

Elle se sentait soulagée de savoir que tous ces monstres ne pourraient plus nuire, même si cette victoire lui coûterait sans doute la vie.

– Tu comprendras que je ne peux pas te libérer. Mais je n'ai pas l'intention de t'envoyer en prison. En revanche, tu vas encore une dernière fois m'aider si tu veux retrouver ta liberté et vivre avec tes sœurs si tu le désires.

– Tu ne vas pas me punir ?

– Non. Je vais te donner une cabine, mais tu resteras sous bonne garde. Les membres de mon équipage ne connaissent pas les détails de ton histoire et veulent te voir morte. Alors, tu devras rester enfermée. Et voilà ce que tu vas faire et peut-être qu'ainsi tu comprendras que tu n'es pas responsable de la mort de ta mère et de Tia.

– Je comprends. Puis-je te demander une faveur ?

– Essaie, nous verrons.

– Je sais que sur le Vengador, il y a de très bons chirurgiens et que vous avez toute la technologie nécessaire pour des opérations délicates. La preuve, ma jambe cassée est comme neuve. Je m'appliquerai à réaliser ce que tu veux de moi, mais ensuite j'aimerais changer de visage. Je ne peux pas garder celui de Thea. Ne serait-ce que pour elle, je t'implore d'accepter ma requête. Thea est unique, elle doit savoir que personne d'autre n'a son visage.

– Requête acceptée. Mais avant tout…

HS

Chapitre 16

Le Vengador venait d'atterrir sur Estrella. Saona et Sienna avaient réuni toutes leurs affaires et attendaient que Thérac et Hadarah viennent les chercher. Des membres de l'équipage avaient commencé le chargement de tous les biens des jeunes terriennes dans des véhicules utilitaires.

Hadarah et Thérac surveillaient avec attention l'embarquement de Nadah et Thea. Les jeunes femmes resteraient endormies encore quelques jours pour accélérer leur guérison. Une importante escorte les accompagnait au centre médical du palais.

Le roi et la reine ne connaissaient pas encore la nouvelle. Ils savaient seulement que Saona était de retour sur Estrella et ils l'attendaient impatiemment.

Hadarah regarda s'éloigner le véhicule qui emportait sa sœur. Il avait choisi les gardes parmi sa garde personnelle. Il ne voulait que les meilleurs auprès de Nadah et Thea.

Toutes les jeunes femmes libérées avaient été envoyées dans une clinique spécialisée dans les troubles psychologiques.

Quant à Dayvita, Vita, elle venait d'être transférée dans une unité de soins de haute surveillance. L'opération de son visage s'était bien déroulée, mais il lui faudrait du temps pour s'y habituer et apprendre à l'accepter. Elle resterait sous surveillance jusqu'à ce que le roi décide de son sort. Personne à l'exception du chirurgien, des soignants et d'Hadarah ne connaissait sa véritable identité.

Il était temps d'aller chercher Saona et Sienna qui devaient s'impatienter.

– Thérac ? Prêt à rentrer chez nous ?

– Tu ne t'imagines même pas à quel point ! J'ai hâte de commencer ma vie avec Sienna.

– Crois-moi. Je ressens la même chose.

Ils retrouvèrent les deux jeunes femmes et furent chaleureusement et tendrement accueillis. Elles trépignaient d'impatience de retrouver la terre ferme d'Estrella.

– Mes parents nous attendent. Ils ne savent pas pour Nadah et Thea. J'aimerais trouver le bon moment pour leur annoncer la nouvelle. Je vous demande de garder l'information pour vous et surtout de ne pas révéler l'état où nous les avons trouvées.

– Tu peux compter sur nous, répondit Saona.

Sienna et Thérac acquiescèrent.

Le trajet fut rapide. Les jeunes femmes étaient très excitées de revenir sur Estrella, même si Sienna éprouvait un sentiment doux amer. Le décès de ses parents encore trop frais dans sa mémoire.

Entourés de leurs gardes, le roi Namir et la reine Émaline les attendaient à l'entrée du palais.

La reine versa des larmes de joie et le roi n'arrêta pas de sourire. Émaline resta bouche bée lorsqu'elle vit Sienna.

– Vous êtes revenue ?

– Oui. Plus rien ne m'attendait sur Terre, commenta Sienna.

– Et vos parents ?

– Ils sont décédés dans un accident avant notre arrivée.

– Ma pauvre enfant, je suis vraiment désolée. Quelle terrible nouvelle !

– Oui, ce fut horrible. Mais je vais bien, ils voulaient que je sois heureuse. J'ai bien l'intention de l'être, ajouta Sienna en tendant la main vers Thérac.

– Oh ! Thérac et vous ? demanda la reine.

– Oui, ma reine, confirma Thérac.

– Entrons, nous serons plus à l'aise à l'intérieur, je suis certain que vous avez beaucoup à nous relater, proposa le roi.

Ils se rendirent dans le salon privé du couple royal où une collation les attendait.

– Avant de vous raconter notre voyage, j'aimerais vous offrir ce souvenir de ma planète, Émaline, expliqua Saona. Grâce à Sienna, j'ai pu vous le ramener.

Saona tendit un paquet emballé dans un papier cadeau doré et un ruban de la même teinte.

– Il faut retirer le papier et le cadeau se trouve à l'intérieur de la boîte, précisa Saona devant le regard interrogateur de la reine, et ne sachant pas s'il était coutume d'emballer les cadeaux sur Estrella.

Émaline retira délicatement le ruban et le papier. Puis elle ouvrit la boîte. Elle en sortit une chaine en or blanc, sur laquelle se trouvait un pendentif constitué d'une pierre sertie par une étoile.

– Il est magnifique, Saona, merci beaucoup, et merci également à vous Sienna.

– La pierre est une émeraude. Comme vous pouvez le constater, elle est de la même couleur que la Gémalite. Sur Terre, l'émeraude est le symbole de la sagesse, de la fertilité, de la renaissance et de l'amour. Je l'ai choisi, car je pense que vous représentez tous ces symboles, précisa Saona.

– Je suis très émue et touchée par votre geste, répondit Émaline.

Elle se leva et prit Saona dans ses bras puis murmura.

– Vous êtes un véritable joyau, Saona et vous comblez nos cœurs.

La reine reprit sa place et laissa Saona sans voix. Hadarah s'approcha sans mot dire, prit son bras et l'emmena avec lui pour s'asseoir.

– Alors, dites-nous tout ! Quelles sont les nouvelles ? demanda le roi en brisant le silence.

Sienna, Thérac et Saona se tournèrent vers Hadarah.

– On dirait que l'on m'invite à être le messager, commenta Hadarah.

– Normal, tu es le commandant, répondit Thérac en riant.

– Très bien. Comme vous venez de l'apprendre, Thérac et Sienna forment un couple, mais ils ne sont pas les seuls.

– Toi et Saona ? demanda la reine.

– Oui, mère. J'ai l'intention de m'unir à Saona, si elle veut bien de moi, bien entendu.

Les yeux brillants, Saona hocha la tête.

– Je m'en doutais. Depuis le premier jour où je vous ai vu ensemble, j'ai ressenti un lien puissant entre vous deux. De plus, tu n'as jamais invité personne au dîner familial. J'en ai même parlé à ton père. N'est-ce pas Namir ?

– Je confirme. J'approuve ton choix, fils. Bienvenue dans notre famille, déclara solennellement le roi.

Il se leva, prit la main de son épouse. Ils s'approchèrent de Saona et Hadarah pour les féliciter avec une émouvante accolade. La jeune terrienne fut très émue.

Puis, chacun reprit sa place.

– De fabuleuses et heureuses nouvelles, merci. Maintenant après toutes ces bonnes émotions, passons aux affaires désagréables. Avez-vous pu arrêter Theavide ? enquit le roi.

Hadarah réfléchit un instant pour essayer d'expliquer le plus brièvement la situation tout en restant concis.

– Oui, nous l'avons rattrapée sur Terre. Mais j'ai découvert que nous avions tort au sujet de Theavide. Elle est en partie innocente. Theavide n'est pas votre nièce.

– Bien sûr qu'elle l'est. Sa mère était ma sœur, commenta Émaline.

– Ce que je veux dire c'est qu'en réalité, Theavide s'appelle Dayvita, elle a pris la place de ma cousine sur ordres du seigneur Rodav, son père.

– Mais c'est impossible ! déclara le roi.

– Non, père. Un chirurgien de Dragemione l'a transformée en Theavide. Les parents de Thea ont été assassinés par Rodav. Ce n'était pas un accident.

– Mais par tous les dieux, pourquoi a-t-il fait une chose pareille ? demanda la reine.

– Il voulait avoir un espion au cœur de la famille royale, une personne qui pourrait influencer vos décisions.

– Je n'arrive pas à y croire ! déclara le roi.

– Je te comprends, père. Mais j'ai été convaincu que Dayvita disait la vérité lorsqu'elle a tué son père sous mes yeux.

– Et Thea, qu'est-elle devenue ? demanda la reine.

– Eh bien…

– Tu dois tout nous dire Hadarah ! ordonna la reine.

– Très bien, mais je ne sais comment tout vous révéler sans que vous subissiez un énorme choc.

– Nous finirons par le savoir, fils. Alors, autant ne pas tergiverser et tout nous révéler.

– Je ne sais pas encore depuis combien de temps cela a duré, mais Thea était retenue prisonnière par Rodav avec d'autres jeunes femelles dont les sœurs de Dayvita et la mienne. Nadah est vivante.

Le roi et la reine s'écroulèrent dans leur fauteuil en pleurs. Saona se précipita pour tenter de consoler Émaline et Hadarah en fit de même pour son père.

– Ma pauvre petite fille, toutes ces années de souffrance et nous pensions ne jamais la revoir, commenta le roi complètement dévasté et à la fois heureux de la nouvelle. Sa petite fille adorée était bien vivante.

– Je sais père, ce fut un énorme choc pour moi aussi et si je ne l'avais pas vu de mes propres yeux, je ne l'aurai pas cru. Mais Nadah est bien vivante, je peux te l'assurer.

– Où est-elle ? Où est notre fille, demanda la reine en sanglotant.

– Nadah et Thea sont ici, au centre de soins. Elles sont soignées pour une infection et sont placées en sommeil artificiel, pour leur permettre une guérison plus rapide. Elles ont besoin de repos, ajouta Hadarah.

– Je veux la voir, maintenant ! cria Émaline en se levant les jambes flageolantes, soutenue par Saona.

– Bien entendu, mère. Mais s'il te plaît, prends un instant pour reprendre ton calme. Ensuite, je t'accompagnerai à son chevet.

– Il a raison, Émaline. Elle aura besoin de ressentir tout notre amour, pas notre colère.

Émaline hocha la tête et s'assit dans son fauteuil. Elle prit la main de Saona en la serrant très fort pour la remercier de sa présence.

– Où sont les coupables de ces horribles crimes ? demanda le roi.

– Ils sont morts. Dayvita a tué son père. Thérac a abattu les frères de Dayvita qui tentaient de s'enfuir. Je me suis chargé des autres en faisant croire à Dragemione que le vaisseau de Rodav s'était écrasé par accident sur son château. Il ne reste rien. Nous avons libéré toutes les victimes et les prisonniers seront envoyés sur Carniate, si tu le décides.

– Parfait.

– Dayvita a révélé que des membres du conseil de Dragemione étaient complices de Rodav. Je ne serais donc pas surpris qu'ils prennent contact pour que tu leur rendes des comptes s'ils ont découvert que nous sommes responsables, ce dont je doute.

– Je les attends de pied ferme. Ils pourraient le regretter amèrement s'ils essaient de me manipuler. Si je n'envoie pas le Vengador pour détruire leur planète, ce n'est que pour éviter d'autres innocentes victimes ! déclara froidement le roi.

– En ce qui concerne Dayvita ? enquit Hadarah.

– Je ne sais pas encore. Où est-elle ? interrogea le roi.

– Pour le bien-être de Thea, elle a demandé à changer de visage. Je lui ai accordé sa requête. Je pense sincèrement qu'elle mérite notre pardon. Elle se remet de son opération sous bonne garde.

– Mais si elle était si innocente pourquoi ne nous avoir rien dit ?

– Justement, elle vous a écrit pour tout vous expliquer. J'ai pensé aussi que cela l'aiderait.

– Après tout ce qu'elle nous a fait, tu veux l'aider ? s'écria la reine.

– Tout est plus compliqué qu'il n'y paraît, mère. Je vous demande simplement de lire le contenu de cette lettre. J'ai vérifié ses dires, tout est vrai. Je pense même que Nadah et Thea pourront le confirmer. Elle a fait tout ce qu'elle pouvait pour les protéger.

– Très bien, je te fais confiance mon fils. Mais cela peut attendre. Je veux voir ta sœur et la pauvre Theavide, ajouta la Reine.

– Dayvita m'a dit que votre nièce ne voulait plus qu'on l'appelle ainsi. Nadah la surnommait Thea, expliqua Hadarah.

– Dans ce cas, nous l'appellerons ainsi, déclara le roi. Allons les voir.

Saona s'approcha d'Hadarah.

– Je reste avec Sienna et Thérac, murmura-t-elle.

– Tu ne veux pas venir ? demanda Hadarah surpris de la décision de Saona.

– Je pense que ce moment vous appartient. Tes parents ont besoin de se focaliser sur leur fille et toi sur ta sœur. Ne t'inquiète pas, je suis en bonne compagnie. Nous avons toutes nos affaires à ranger.

– Très bien, si tu es sûr.

– Certaine.

– Thérac ? Peux-tu accompagner Saona et Sienna dans leur appartement ?

– Avec plaisir.

Saona sourit, serra la main d'Hadarah et le poussa vers ses parents qui attendaient.

HS

Chapitre 17

La visite de la famille royale à Nadah s'avéra être un moment difficile pour le roi et la reine. Ils n'avaient pas vu leur fille depuis plus deux ans et elle avait tellement changé.

Son corps frêle et son teint pâle ainsi que les hématomes sur son visage attestaient à quel point elle avait souffert.

Hadarah fut soulagé que le reste de son corps soit couvert. Ses parents n'auraient pas supporté de voir les lésions sur ses jambes et ses bras infligés par le fouet. Il savait que son dos en était aussi recouvert.

Hadarah s'en voulait d'avoir oublié de prévenir ses parents de la coupe de cheveux de Nadah et Thea. Émaline en fut très choquée.

Saona avait appris des sœurs de Dayvita que les deux jeunes femmes avaient elles-mêmes coupé leurs cheveux. Elles avaient volé un couteau pour saccager leur longue chevelure.

Elles savaient que Rodav et ses fils aimaient leur longueur, cela leur permettait de maintenir et diriger leur tête pour les soumettre à leur moindre désir.

Dayvita avait prévenu Thea et Nadah d'éviter de boire l'eau qui leur était servie, car elle contenait de la drogue. Malheureusement, elles ne pouvaient pas se passer de boire, mais elles avaient diminué leur consommation. Grâce à cette information, elle bénéficiait de moments où elles pouvaient penser. Elles décidèrent de ne plus subir de telles pratiques et coupèrent leurs cheveux. La colère de Rodav s'abattit sur elles et elles furent punies par le fouet.

Hadarah espérait que le traumatisme qu'elles avaient subi ne les empêcherait pas de pouvoir un jour trouver le bonheur. Il essayait de se convaincre qu'elles disposaient d'une force de tempérament inouïe pour avoir survécu toutes ces années aux atrocités.

****

Deux jours plus tard, le soigneur annonça à la famille que l'état des jeunes filles était suffisamment stable pour les réveiller. Elles étaient complètement sevrées de la drogue.

Le roi demanda qu'elles ne soient pas réveillées en même temps pour que la famille puisse être présente. Thea n'avait plus qu'eux. Ils ne voulaient pas qu'elle se réveille avec des inconnus. Il fut donc décidé que Thea serait réveillée quelques heures plus tard.

– Namir, mais enfin presse-toi, je ne veux pas qu'elle se réveille sans que nous soyons présents, cria la reine.

– J'arrive.

– Tout de même ! Hadarah nous attend. Que faisais-tu ?

– Une affaire à terminer. Allons-y.

Le roi, la reine et leur fils approchèrent le lit de Nadah. Ils restèrent ainsi de longues minutes avant que Nadah ouvre enfin les yeux.

Le cœur d'Hadarah battait à tout rompre dans l'attente de pouvoir communiquer avec sa petite sœur adorée.

Saona avait de nouveau insisté pour les laisser tous les trois. Les jours précédents, elle avait régulièrement rendu visite à Nadah avec la reine. Elle s'asseyait et lisait un des livres ramenés de la Terre. La reine aimait entendre sa voix et était convaincue qu'il en serait de même pour Nadah.

Toutefois, Saona pensait que l'éveil de la sœur d'Hadarah, ce moment privilégié, devait être réservé à la famille.

Hadarah tenait délicatement la main de sa sœur et la sentit bouger. Puis il vit le reste de son corps s'étirer.

Ils fixèrent tous les trois les yeux de la jeune fille. Elle les ouvrit lentement et les referma. Hadarah baissa l'intensité de la lumière en pensant qu'elle la gênait et l'éblouissait.

Quelques minutes plus tard, Nadah les ouvrit de nouveau et cette fois ils s'écarquillèrent en voyant son frère.

– Hadarah ? demanda-t-elle d'une voix éraillée.

– Oui, petite sœur, c'est bien moi. Tu n'as plus rien à craindre. Veux-tu un peu d'eau ?

Nadah hocha la tête pour acquiescer, sa gorge était vraiment sèche. Elle garda les yeux fixés sur son frère. Elle n'avait pas encore remarqué la présence de ses parents. Ils n'osaient rien dire, ne voulant pas la brusquer, et attendaient patiemment. Émaline ne pouvait contenir des larmes silencieuses.

Hadarah s'approcha de sa sœur et l'aida à boire. Elle s'étrangla légèrement et se mit à tousser. Elle repoussa le verre et ce fut à cet instant qu'elle remarqua les deux personnes près de son lit.

– Mère ? Père ? demanda-t-elle en les voyant. De grosses larmes roulèrent sur ses joues pâles.

– Oui, ma douce fille. Tu n'as plus rien à craindre, répondit Émaline.

Elle s'approcha et déposa un tendre baiser sur le front de son enfant.

– Je ne rêve pas cette fois ? Vous êtes vraiment là ?

La reine et Hadarah prirent ses mains et les serrèrent légèrement.

– Oui, Nadah. Nous sommes bien ici, auprès de toi, confirma le roi.

– Où suis-je ?

– Au palais, mon enfant, répondit le roi.

– Sur Estrella, ajouta la reine.

Nadah soupira et se détendit.

– Enfin ! J'ai tellement rêvé de vous revoir. Lorsque j'étais lucide, je pensais à vous, à ma chère famille. Vous m'avez aidée à ne pas perdre l'espoir de sortir de cet endroit maudit. Et Thea ?

– Elle dort encore, nous irons la rejoindre pour son réveil quand le moment sera venu. Vous étiez très malades toutes les deux, expliqua la reine.

– J'aimerais vous accompagner, commenta Nadah en essayant de s'asseoir.

– Nous verrons ce que le soigneur en pense, ma fille adorée, répondit le roi. Tu dois te reposer et reprendre des forces. Nous sommes tellement heureux que tu sois de retour parmi nous, grâce à ton frère.

– Tu nous as libérées ? demanda Nadah.

– Oui, Dayvita nous a aidés, ajouta Hadarah.

– Où est-elle ? Et les autres où sont-elles ? Elles sont vivantes ?

– Oui. Ne t'inquiète pas, elles sont toutes saines et sauves. Dayvita se repose. À sa demande, elle a subi une intervention pour changer son visage.

– La pauvre, elle détestait ne plus être elle-même et se sentait mal vis-à-vis de Thea. Je suis contente de savoir qu'elle va renaître, ajouta Nadah.

– Alors c'est donc vrai ? Dayvita est innocente ? demanda le roi.

– Oh père ! elle a risqué de nombreuses fois sa vie pour nous protéger. Lorsqu'elle était sur Dragemione, elle essayait toujours de nous apporter de l'eau fraîche et de la nourriture. C'était compliqué, car nous étions surveillées. Je crois qu'elle payait les gardes. Lorsque Tia, sa sœur, est morte, nous l'avons suppliée de se sauver. Mais elle a toujours refusé de nous abandonner. Elle venait quand elle pouvait et me donnait de vos nouvelles.

– Ce qui explique ses absences répétées d'Estrella, commenta la reine.

– Pardonnez-moi, mais je me sens si fatiguée.

– Repose-toi mon enfant. Tu es en sécurité, maintenant.

– Merci, je suis tellement soulagée et heureuse, ajouta Nadah avant de fermer les yeux.

– Nous te laissons te reposer. Nous restons près de toi et ensuite nous rendrons visite à Thea, ajouta la reine.

– Merci, de nous avoir sauvées, dit-elle avant de s'endormir.

Hadarah désirait rencontrer le soigneur afin d'en savoir un peu plus sur l'état de sa sœur et de Thea, mais sans ses parents. Ils préféraient qu'ils ignorent les atrocités dont avaient été victimes les deux jeunes femmes.

– Comment se portent-elles ? demanda-t-il au soigneur.

– Eh bien, nous avons éliminé toute la drogue de leur organisme. Les infections sont stoppées. Les lésions commencent à se cicatriser.

– Celles de leur dos aussi ?

– Oui, mais étant les plus profondes, elles conserveront malheureusement des cicatrices. Même avec notre technologie, seule une intervention dans le futur pourrait les effacer. Pour le moment, vu leur état de faiblesse, je ne le recommande pas. Elles ne peuvent pas les voir, donc elles ne sont pas gênantes pour leur guérison. Elles ne souffrent plus et c'est l'essentiel. Sur les jambes et les bras, il ne restera que de fines lignes.

– Auront-elles des séquelles ? demanda Hadarah.

– Altesse, je ne sais pas comment vous dire cela. Certaines lésions… certaines lésions sont internes. Il est difficile de vous révéler ce genre d'informations en sachant que les patientes font partie de votre famille, prévint le soigneur.

– Je dois tout savoir afin de pouvoir les aider au mieux. Mes parents ne supporteraient pas de connaître plus de détails, ils ont trop souffert de la disparition de Nadah, expliqua Hadarah.

– Eh bien, je ne suis pas certain qu'elles puissent un jour avoir des enfants. Les lésions internes sont importantes. Mais je me trompe peut-être et je le souhaite vraiment, Votre Altesse.

– Moi aussi je l'espère, répondit Hadarah d'une voix triste.

– Elles sont vivantes. Malgré les atrocités qu'elles ont subies, elles sont solides et jeunes. Elles possèdent de nombreux atouts pour retrouver le bonheur. Mais la route sera longue psychologiquement. Elles auront besoin de beaucoup de soutien.

– Merci. Nous allons nous focaliser sur cela. Je vous demande de n'en parler à personne, sauf à Nadah et Thea. Il va de soi qu'elles ont le droit d'obtenir des réponses, si elles posent des questions sur leur santé, précisa Hadarah. Je pense qu'il est inutile de leur donner tous les détails pour le moment. Laissons-leur un peu de temps.

– Très bien Altesse.

Hadarah rejoignit Saona, avant de se rendre au chevet de Thea. Par chance, elle était seule. Sienna profitait du repos de Thérac pour découvrir avec lui Estrella et rencontrer sa famille.

– Je ne te dérange pas ? demanda Hadarah.

– Jamais. Entre.

– Merci.

– Comment se porte Nadah ? enquit Saona.

– Elle s’est réveillée, mais elle est encore très fatiguée.

– Tu sembles soucieux, commenta Saona.

– Je viens d’apprendre qu’elles avaient subi tellement de violences, qu’elles ne pourront sans doute jamais devenir mères. Je suis triste pour Nadah. Elle aime tellement les enfants, avoua Hadarah.

– Hadarah, tu as dit ; sans doute.

– Le soigneur n’était pas catégorique, mais les chances sont infimes.

– Mais elles existent, c’est l’essentiel. Je sais que tu t’en veux de ne pas avoir appris plus tôt qu’elles étaient en vie. Mais rien de tout ceci n’est ta faute. Dès que tu l’as su, tu as agi et grâce à toi, ta sœur et Thea sont libres. Elles ont besoin d’être entourées de soutien, pas de pitié. Reste positif, tu ne peux pas changer le passé. En revanche, tu peux les aider à bâtir leur avenir. Pour le moment, l’important pour elles est de dépasser leur traumatisme. Alors, haut les cœurs ! Hadarah.

– Merci, Saona. Tu es formidable. Je ne suis pourtant pas le genre de personne qui s’apitoie, mais d’apprendre tout ce dont elles ont été victimes m’affecte énormément.

– Ce qui est tout à fait normal. Toutefois, tu ne dois pas leur montrer ta tristesse. Je suis là pour toi, si tu veux en parler, proposa Saona.

Hadarah enlaça Saona, ils restèrent ainsi, un moment, sans mot dire. Profitant de leur proximité en toute sérénité.

Chapitre 18

Les semaines s'écoulèrent.

Nadah retrouva progressivement sa vitalité. Elle connaissait désormais Saona et Sienna et s'entendait bien avec les deux terriennes.

Lorsque Nadah avait découvert que Saona avait conquis le cœur de son frère et réciproquement, elle se réjouit pour eux, même si elle pensait ne jamais pouvoir trouver ce genre de bonheur. Elle appréciait Saona parce qu'elle était si naturelle, si ouverte sur la vie et si positive. La jeune femme se confiait tout naturellement à Saona.

Nadah, entourée de ses gardes, retrouvait souvent la terrienne dans son appartement. Elles comparaient leur culture et leur planète.

Les deux nouvelles amies rendaient aussi visite à la cousine de Nadah.

Thea ne se remettait pas mentalement de tout ce qu'elle avait subi. Ses proches étaient très inquiets. Elle sortait rarement de sa chambre. Lorsque Saona et Nadah lui rendaient visite, elle restait souvent silencieuse. Même Nadah ne pouvait la sortir de son mutisme.

– Thea va de plus en plus mal, confia Nadah à Saona.

– J'ai remarqué. Je ne pense pas qu'elle se nourrisse. Je ne suis pas certaine non plus qu'elle dorme. Ses yeux sont si cernés. Comment était-elle avant ?

– Très gaie, toujours prête à faire la fête, toujours entourée de beaucoup d'amis. Elle n'est que plus l'ombre d'elle-même, expliqua Nadah avec tristesse.

– Elle a en effet bien changé. Je ne suis pas soigneur, mais je pense qu'elle est en pleine dépression.

– Je ne connais pas ce terme, informa Nadah.

– Cela signifie qu'elle ne peut pas contrôler ce qu'elle ressent. Elle voit tout en noir. La tristesse l'envahit sans qu'elle sache d'où elle provient. Dans son cas, nous savons que c'est certainement dû au traumatisme de votre captivité. C'est un état qui peut devenir très grave. Elle a besoin d'aide.

– Je ne sais pas comment l'aider. J'ai essayé, je lui ai dit que nous devions nous focaliser sur notre liberté et que nous devions nous réjouir d'avoir survécu. Mais je ne suis pas certaine qu'elle m'entende vraiment.

– Tu ne peux pas l'aider, même si tu la comprends, commenta Saona.

– Pour être honnête, je n'en ai pas la force. Je dois chaque jour combattre mes propres démons. Lorsque je suis avec Thea, j'ai l'impression qu'elle va m'entraîner avec elle dans les abîmes de la folie. Cela m'attriste énormément de la voir ainsi et je culpabilise, mais je n'ai vraiment pas la force. Je n'oublierai jamais tout ce que nous avons subi, mais je refuse d'y penser. Je veux avancer, me retrouver.

–Tu dois d'abord prendre soin de toi. En ce qui concerne Thea, je parle d'aide professionnelle, une aide psychologique. À mon avis, cela devient urgent. Elle ne veut même plus recevoir tes parents.

– Je ne savais pas, commenta Nadah surprise.

– Ta mère me l'a dit.

– Que t'as dit, mère ? demanda Hadarah en surprenant les jeunes femmes.

– Que Thea trouve toujours des excuses pour ne pas les recevoir. Elle va très mal, Hadarah. Je pense sincèrement qu'elle a besoin d'être dans un milieu professionnel spécialisé où elle pourra être soignée et surveillée.

– Je ne savais pas qu'elle allait si mal, commenta Hadarah. Il est vrai que ces derniers jours, je n'ai pas vraiment eu le temps de lui rendre visite.

– Pardonnez-moi tous les deux d'être aussi brutale, mais je pense que Thea se laisse mourir. Si rien n'est fait, je crains qu'elle ne commette l'irréparable. Qu'elle mette fin à ses jours.

– Non ! Elle ne ferait pas une chose pareille, cria Nadah.

– Malheureusement, oui. Tu dois comprendre qu'elle n'est plus elle-même, elle ne s'en rend pas compte.

Je vous en conjure, vous devez me croire. Elle nécessite d'urgence des soins psychologiques.

– Je te crois, Saona. Je vais en parler à mes parents pour qu'elle soit transportée à la clinique spécialisée où se trouvent Vita et ses sœurs, expliqua Hadarah.

– Merci.

– Et Vita ? demanda Nadah.

– Elle se porte bien. L'opération est un succès. Elle a été transférée auprès de ses sœurs, car elle a encore du travail à accomplir sur elle-même. Quand elles seront toutes rétablies, elles pourront décider où elles veulent vivre.

– J'espère que je la reverrai, j'aimerais la remercier, commenta Nadah.

– Et toi, petite sœur, comment te sens-tu ?

– Je vais bien. Merci. Encore des périodes de fatigue lorsque mes nuits sont mauvaises. Mais je dors de mieux en mieux.

– Je suis heureux de l'apprendre. Je vous laisse, je vais prévenir nos parents pour Thea. Je suis juste venu te dire que je dois m'absenter cet après-midi et que je ne sais pas quand je serai de retour, expliqua Hadarah.

– Tout va bien ?

– Oui, rien de sérieux ne t'inquiète pas, juste les éternelles obligations d'un prince.

Il déposa un baiser sur le front de sa sœur et un léger sur les lèvres de Saona avant de les quitter.

– Des nouvelles de Sienna ? demanda Nadah à Saona.

– Oui. Elle apprend à se familiariser avec votre culture. Elle passe beaucoup de temps avec Thérac et sa famille. Elle semble heureuse. Sans oublier les préparatifs pour leur union qui l'occupe beaucoup.

– Cela me dérange que mère ait demandé que l'union ait lieu au palais pour que je puisse y assister.

– Franchement, tu ne t'imagines même pas à quel point Sienna est heureuse de s'unir ici. Elle est originaire d'un pays, sur Terre, où règne la monarchie depuis des siècles. La Royauté sur Terre est bien différente d'Estrella. Il y a un protocole à respecter. Les princes et les princesses se marient rarement avec des roturiers.

– Qu'est-ce que cela signifie roturier ?

– Des personnes du peuple. Les mentalités commencent à changer depuis quelques années surtout avec le mariage du prince William et de Katherine. Mais personne ne pourrait se marier dans un des palais, principalement à cause de la religion. Normalement, ils se marient dans des lieux dédiés au culte religieux. Alors pour Sienna qui n'a jamais pu approcher la reine d'Angleterre, enfin, je crois, se marier dans un palais, c'est fabuleux. Pour elle, c'est un vrai conte de fées.

– Mais je ne comprends pas, pourquoi le peuple n'a-t-il pas accès au palais ? enquit Nadah.

– Parce qu'il appartient au roi ou à la reine.

– Sur Estrella, le palais appartient au peuple et leur est ouvert. Les seuls endroits où ils ne peuvent pas accéder sont nos appartements. Mais je pense que cela se comprend, nous n'irions pas non plus dans leur logement.

– Tu veux dire que n'importe quel Estrellien peut décider de venir au palais et organiser une fête par exemple.

– Oui, bien sûr. Il doit juste s'inscrire sur une liste et doit expliquer les motifs et informer de la date de l'assemblée. Les salles de bal sont souvent utilisées pour des unions, alors il y a des réservations. De même pour rencontrer la famille royale, il y a une liste d'attente.

– Ce qui est tout à fait compréhensible.

– Et pour Hadarah et toi ?

– Quoi, pour nous ?

– Votre union ! Vous n'en parlez pas.

– C'est juste parce que nous avons toute la vie devant nous. Ensuite, il y a l'union de Sienna. Nous avons le temps, cela permet d'apprendre à nous connaître. Même si parfois j'ai l'impression que nous nous connaissons depuis une éternité.

– Hadarah m'a dit la même chose à ton sujet. Je suis tellement heureuse qu'il ait rencontré une femme comme toi, Saona. C'est sincère. Et lorsque vous vous serez enfin décidé, nous deviendrons des sœurs, ajouta Nadah, avec un large sourire.

– Oui, petite sœur, répondit Saona en riant.

– J'aimerais tant avoir la couleur de tes cheveux et leur texture.

– Mais les tiens sont superbes et leur ton te va à ravir.

– Tu trouves, avec ma jolie coupe ? demanda Nadah d'un ton ironique.

– Ils commencent déjà à repousser, il faudra juste les égaliser. Pourquoi ne les couvres-tu pas avec un foulard ?

– Je ne sais pas ce qu'est un foulard. Quel drôle de nom !

– Attends, je vais te montrer. J'en ai ramené plusieurs de la Terre, j'ai toujours adoré cela. Ils en existent de toutes tailles. Tu peux les utiliser pour protéger la gorge du froid, pour te protéger la tête de la chaleur ou tout simplement comme accessoire de mode.

– Tiens, celui-ci t'ira à la perfection.

– Oh ! Mais je ne peux pas l'accepter !

– Pourquoi donc ?

– Parce qu'il t'appartient et que tu peux en avoir l'utilité.

– Je te l'offre. Ne t'inquiète pas, j'en ai d'autres et je suis même certaine que l'on peut en fabriquer sur Estrella. Nadah va lancer la mode du foulard !

Nadah éclata de rire pour la première fois depuis que Saona la connaissait. Saona en profita afin d'entendre les rires de sa nouvelle amie, elle commença à faire le clown. Elle prit une étole qu'elle transforma en soutien-gorge et imita un défilé de mode. Elle s'enveloppa aussi le corps et joua l'aliéné qui essayait de sortir de sa camisole. Nadah riait tellement qu'elle en pleurait.

– Que se passe-t-il, ici ? demanda la reine en entrant, inquiète de voir les larmes de sa fille.

Saona et Nadah se regardèrent et éclatèrent de rire. Elles ne pouvaient plus arrêter leur fou rire en voyant la stupéfaction de la reine.

Émaline finit également par pouffer de rire avec elles et l'arrivée du roi n'arrangea pas les choses. De longues minutes s'écoulèrent avant qu'elles ne retrouvent leur calme. Le roi resta stoïque et attendit qu'elles finissent de rire.

– Pardonnez-moi, c'est ma faute, avoua Saona en retenant un rire naissant.

En revanche, Nadah ne put se retenir de pouffer.

– Mais que vous arrive-t-il ? demanda le roi en souriant. Il était si heureux d'entendre ce divin son provenant de sa fille.

– Rien, répondirent Nadah et Saona, en jouant les innocentes.

– Saona me montrait juste les différentes utilisations d'un foulard et d'une étole.

– Pour quoi faire ? C'est ce bout de tissu que vous appelez foulard ? demanda le roi.

– Oui, père. Et c'est pour lancer une nouvelle mode et cacher mes cheveux en attendant qu'ils repoussent, expliqua Nadah.

– Pouvons-nous rester ? demanda la reine.

– Bien sûr, répondit la princesse. Je suis prête, Saona.

– Très bien, alors tu vois, il faut d'abord plier le foulard en triangle. Attends, je vais en prendre un autre et te montrer comment je le mets sur ma tête, ce sera plus simple.

Saona plia son foulard en triangle. Elle posa ensuite la pointe du triangle jusque sur son front. Nadah la regardait en souriant. Puis Saona forma le turban.

– Oh ! mais c'est très joli, cela n'a pas l'air trop difficile à faire, applaudit Nadah.

– Merci. Veux-tu essayer ?

– Avec ton aide, je veux bien.

Nadah comprit très vite la méthode. Elle se leva et s'approcha de la psyché. Les yeux brillants d'émotion, elle remercia Saona.

– Tu es ravissante, ma fille, annonça le roi.

– Eh bien, je crois que nous allons fabriquer ces … je ne me souviens plus du nom.

– Foulard ! répondirent en cœur Saona et Nadah avant d’éclater de rire une nouvelle fois.

Chapitre 19

L'effervescence régnait au palais pour terminer les derniers préparatifs pour la réception de l'union de Thérac et Sienna.

La jeune terrienne avait partagé avec Thérac et sa famille le déroulement des mariages sur Terre en règle générale. Elle lui avait expliqué qu'elle aimerait que la célébration soit un mélange de leurs deux cultures. Mais elle ne voulait pas offenser le peuple estrellien.

L'idée fut accueillie avec enthousiasme. Un magnifique bouquet de mariée aux fleurs blanches fut créé, enrubanné de la couleur de la Gémalite.

Sienna avait expliqué à Thérac qu'il ne pourrait pas la voir avant leur union pour respecter la tradition terrienne. Elle avait passé la nuit dans l'appartement de Saona.

Sienna voulait surtout surprendre Thérac avec sa robe. Deux robes de mariée avaient rejoint les souvenirs emportés lors de leur dernière escapade sur Terre, à tout hasard…

Sienna avait choisi une coupe empire avec une taille marquée sous sa voluptueuse poitrine recouverte de dentelle jusqu'au cou. La jupe était vaporeuse et tombée naturellement sur ses pieds.

La robe représentait la culture terrienne. Pour l'estrellienne et en soutien à Nadah, Sienna portait un turban vert, mais ses longs cheveux tombaient en boucles sur ses épaules.

Quant à Saona, elle était revêtue d'une robe longue aux couleurs d'Estrella offerte par Nadah et le même turban que celui de la mariée.

Sienna avait expliqué la tradition des demoiselles d'honneur et proposé à Nadah d'en faire partie. Toutes porteraient la même robe que Saona.

Mais ce que Nadah ignorait était que les cheveux des demoiselles d'honneur seraient recouverts d'un turban. Personne ne voulait que la princesse se sente mal à l'aise et soit la cible de tous les regards. Pour égaliser ses cheveux, ils attendaient qu'ils soient plus longs. Sur Estrella, les femmes conservaient leur longue chevelure, les coupes courtes réservées aux hommes.

La mode était lancée, même la reine avait tenu à y participer et portait également un turban.

L'union se déroula donc en partie comme un mariage. Le père de Thérac accompagna fièrement Sienna, jusque Thérac et rejoignit sa place auprès de son épouse. Le roi se plaça devant eux pour officier. Les demoiselles avaient pris place du côté de Sienna et les garçons du côté de Thérac.

La cérémonie fut amusante et émouvante avec ce mélange de culture. Un instrument étrange en forme de sphère lumineuse dessina à l'intérieur du poignet des mariés les initiales entrelacées de Thérac et Sienna. Indélébile, tel un tatouage, le dessin remplaçait les alliances.

Le roi ria lorsqu'il prononça l'inhabituel :

– Vous pouvez embrasser la mariée.

Tous les invités rirent et applaudirent.

La réception fut somptueuse, le repas délicieux. Un énorme gâteau fut présenté au jeune couple pour respecter les origines de Sienna et la découpe du gâteau pour les invités.

– Ce fut une très belle union, déclara Hadarah. Merci, pour ce geste à l'égard de Nadah, cela nous a tous vraiment touchés. Depuis son retour, je ne l'ai jamais vue aussi joyeuse.

– J'aime beaucoup Nadah. Nous avons le même sens de l'humour, commenta Saona.

– Oui, mère m'a raconté votre crise de rire. Elle était tellement heureuse de la voir ainsi, commenta Hadarah en observant sa sœur.

– Je trouve qu'elle semble être de moins en moins effrayée. Elle a même accepté de m'accompagner au jardin d'intérieur, avec ses gardes bien entendu.

– Mais c'est une excellente nouvelle !

– J'ai remarqué qu'elle était anxieuse sur le trajet. Je la comprends avec tout ce dédale de couloirs. En tout cas, une fois arrivée, elle souriait. Nous avons passé un agréable moment, ajouta Saona.

– Mais dis-moi, nous ne parlons jamais de ton ressenti sur Estrella. Il est vrai que tu restes continuellement au palais. Tu prends soin de Nadah, et nous en sommes tous très reconnaissants, mais toi, ma douce Saona ? N'as-tu pas envie de connaître autre chose ? De découvrir la planète, toi qui aimais tant voyager.

– Je crois que l'enlèvement m'a guérie des voyages. Je suis heureuse au palais. Je sors tous les jours dans votre immense parc. Je pense que les cokwalins m'ont adoptée. Je possède également plusieurs livres estrelliens, traduits en français et anglais. Vraiment, je ne m'ennuie pas, mes journées sont bien remplies. Sans t'oublier, bien entendu, ajouta Saona en déposant un baiser sur la joue d'Hadarah.

– Moi ?

– Oui, tu es toujours dans mes pensées.

– Je suis désolée de devoir m'absenter aussi souvent pour le travail. Je ne t'ai pas accordé beaucoup de temps depuis notre retour, mais cela va changer. Je te le promets.

– J'avoue que tu me manques, mais je comprends également tes obligations. En revanche, tu as comblé tes absences avec toutes tes petites attentions. Les fleurs fraîches que tu m'apportes le matin et toutes les fois où tu viens me surprendre juste pour m'embrasser parce que tu as quelques minutes de libres. Tous ces livres sur ta planète que tu as fait traduire et j'en passe...

– Bien peu de choses, mais j'essaie vraiment d'aménager mes heures de travail afin de pouvoir passer plus de temps à tes côtés à l'avenir, expliqua Hadarah.

– Ne t'inquiète pas, nous arriverons à tout conjuguer, j'en suis persuadée. Je suis heureuse et je ne regrette absolument pas ma décision. Comme on dit chez nous, la cerise sur le gâteau est que nous nous aimons, ajouta Saona en offrant un large sourire.

– Oui, je t'aime, Saona. Plus que tout dans l'univers. Je suis certain que notre rencontre n'était pas une coïncidence, nous étions destinés.

– Je le pense aussi. Ne crois-tu pas que nous pouvons nous absenter discrètement ? demanda Saona sur un ton léger et conspirateur.

– Sans nul doute ! confirma Hadarah

– Tu me rejoins à l'appartement, je pars la première, ce sera moins visible.

– Je te suis dans quelques minutes, je préviens Nadah pour qu'elle ne s'inquiète pas.

– Tu as raison, je n'y avais pas pensé.

– À tout de suite, ne tarde pas. J'ai une surprise pour toi...ajouta Saona avec un clin d'œil.

Saona avait décidé que le temps était venu de consommer leur relation. Les baisers et les caresses attisaient tous les jours l'envie de découvrir le corps d'Hadarah. De le toucher et de se perdre en lui.

Ils s'aimaient tant. Par l'union de leur corps et de leur esprit, leur amour atteindrait son apogée.

Saona avait prévu de l'accueillir dans une tenue très légère et sexy pour accroître le désir d'Hadarah. À nombreuses reprises, elle avait remarqué une flamme ardente dans son regard lorsqu'il observait son corps et son décolleté.

Ce soir, elle se livrerait corps et âme à son bien aimé estrellien.

Saona atteignit rapidement ses appartements, surexcitée par la nuit qui s'annonçait. Elle ouvrit sa porte, détacha son turban et le laissa tomber sur un des fauteuils. Elle pénétrait dans sa chambre, lorsqu'elle fut empoignée, une large main vint étouffer ses cris.

– Ne fais pas un bruit où tu le regretteras, dit une voix masculine qu'elle ne connaissait pas.

Tremblante Saona, hocha la tête.

– Où est Hadarah ?

L'inconnu retira lentement sa main de son visage.

– Il avait une affaire à régler, il n'est pas là, répondit Saona en tremblant.

– Tu mens !

– Non, c'est la vérité ! Que voulez-vous ?

– Ce qui m'appartient ! Il me l'a volé !

– Vous vous trompez, Hadarah n'est pas un voleur.

– Silence ! Tu viens avec moi, avances ! ordonna l'inconnu en poussant Saona.

– Non !

L'étranger mit une lame sous la gorge de Saona.

– Avance ou je te tranche la gorge.

Saona marcha doucement pour gagner du temps, Hadarah devrait bientôt arriver.

– Pourquoi voulez-vous m'emmener ?

– Vengeance.

– Pour quoi ?

– Il me l'a prise, elle m'appartient. Si je ne peux pas l'avoir, j'obtiendrais un prix de consolation et je serai vengé. Avance ! Vers le balcon.

– Qu'a-t-il pris ?

– Nadah ! Elle est mienne !

– Nadah a été kidnappée et violentée. Si Hadarah ne l'avait pas trouvée, elle serait morte.

– C'est faux !

– Non ! Rodav l'a punie pour avoir coupé ses cheveux ! expliqua Saona.

– Mon père n'aurait jamais touché à mon jouet !

– C'est pourtant ce qu'il faisait !

Saona ne commenta pas l'appellation de Nadah, comme si elle était une simple chose.

– Tu mens ! Avance, insista-t-il.

– Vous ne pourrez pas m'enlever, il y a des gardes partout.

L'inconnu éclata de rire !

– Ils ne m'ont pas empêché…

– Mais moi, oui ! Lâche-la ! déclara Hadarah sur un ton glacial.

– Non ! rétorqua l'inconnu.

– Lâche-la, si tu ne veux pas mourir !

– Tu me rends Nadah et on verra.

– Ma sœur ? Jamais ! Elle a failli mourir entre vos mains !

– Tu mens ! Je prenais soin d'elle !

– En la fouettant ?

– Personne ne l'a jamais fouettée ! Où est-elle ?

– Tarkill ?

– Nadah ! Oui, c'est moi, je suis venue te chercher.

– Nadah, reste derrière moi, ordonna Hadarah.

Mais la princesse n'écouta pas et s'approcha de l'inconnu qui tenait Saona. Elle connaissait bien Tarkill. Sous prétexte qu'il disait l'aimer, il avait abusé d'elle à de nombreuses reprises. Il ne se montrait pas aussi violent que ses frères ou son père, Rodav, mais passait outre les refus de Nadah de se soumettre.

– Hadarah, il ne me fera pas de mal. N'est-ce pas, Tarkill ?

– Non, jamais ! Tu sais combien je t'aime !

– Oui, Tarkill. Je sais. Relâche Saona. Je suis là maintenant. Si je suis restée ici, c'est parce que mon frère a dit vrai. Ton père m'a fouetté à sang parce que j'ai coupé mes cheveux.

– Mais ce n'est pas possible ! Il savait que tu m'appartenais !

– Il s'en moquait, Tarkill. Tu sais bien qu'il prenait tout ce dont il avait envie. Je peux te le prouver, mon corps est recouvert de cicatrices. Je t'en prie, laisse partir Saona et je te suivrai.

Tarkill fixa Nadah qui lui souriait. Il baissa doucement la lame de la gorge de Saona qui en profita. Elle baissa sa tête pour prendre de l'élan et la releva rapidement en fracassant le nez de son agresseur. Par accident, la lame coupa le bras de Saona quand elle se retourna pour donner un coup de genou dans les parties génitales de son assaillant qui s'agenouilla en hurlant.

L'action fut si rapide que personne n'eut le temps de réagir. Saona ramassa la lame et avança vers Hadarah qui poussait Nadah derrière lui. Elle ne s'était pas rendu compte qu'elle était blessée et que le sang jaillissait de son bras.

– Utile, le Krav Maga, déclara Saona avant de s'écrouler dans les bras d'Hadarah.

Chapitre 20

Saona venait de perdre connaissance.

– Nadah ! Appelle la garde et le soigneur !

– Alerte ! Alerte ! cria Nadah.

Les gardes pénétrèrent dans l'appartement à toute allure.

– Saisissez ce rejet et appelez un soigneur, Saona est blessée ! hurla Hadarah.

Il la transporta jusqu'à sa chambre et la déposa sur le lit. Il y trouva un vêtement ressemblant à une chemise de nuit. Il l'utilisa pour presser sur la plaie profonde de sa bien-aimée. Mais le tissu trop fin n'absorbait pas le flux de sang important.

– Par tous les dieux, où est le soigneur ? cria Hadarah.

– Il arrive, répondit Nadah qui pleurait à chaudes larmes. Tout est ma faute, c'est moi qu'il voulait.

Hadarah continua de presser la blessure de Saona et prit une large inspiration pour se calmer.

– Nadah. Approche. Ce n'est pas ta faute et j'ai besoin de toi. Je veux que tu ailles dans la salle de rafraîchissement et que tu m'apportes des séchettes. J'en ai besoin pour ralentir la perte du sang.

Nadah réagit après quelques secondes et courut les chercher. Elle les apporta très vite à Hadarah. Il remplaça la chemise par une des serviettes et appuya de nouveau fortement sur la plaie. Saona était toujours inconsciente.

– Je peux faire autre chose ?

– Tu peux prendre tes gardes et prévenir nos parents, mais discrètement. Je ne veux pas interrompre les festivités.

– D'accord.

– Et Nadah ? Ceci est la faute de Tarkill et de Rodav, pas la tienne ! Tu m'entends ? Tu n'es pas responsable. Je suis fier de toi, tu as encore montré à quel point tu es courageuse.

Nadah hocha la tête, fit volteface et courut prévenir ses parents, accompagnée de ses gardes qui l'attendaient à l'entrée de l'appartement.

– Saona ? Le soigneur va arriver, réveille-toi, demanda Hadarah.

Mais il n'obtint aucune réponse.

– Votre Altesse ? appela le soigneur.

– Par ici, dans la chambre, cria Hadarah.

Le soigneur arriva près de lui et interrogea :

– Que s'est-il passé ?

– Un coup de dague au niveau du bras, elle a perdu énormément de sang et je n'arrive pas à le stopper.

– L'artère est sans doute sectionnée. Si vous permettez, Altesse.

– Bien sûr, répondit Hadarah en laissant sa place.

Hadarah s'inquiétait, Saona était très pâle et froide au toucher.

– Je vais réparer cela, ensuite nous la transporterons à l'unité médicale pour lui donner du sang.

– Mais comment ?

– Lorsqu'elles sont arrivées, nous avons prélevé leur sang pour l'examiner et chose très étrange, notre sang est compatible avec celui des terriennes, enfin en partie. Je dois juste y ajouter un mélange élaboré à partir de leur sang. Je l'avais préparé au cas où elles en auraient besoin. Car apparemment, chaque terrien a un type de sang bien spécifique. Donc nous pouvons tous leur transmettre notre sang en sans aucun risque en ajoutant le mélange.

– Vous êtes certain que ce n'est pas dangereux ?

– Je le suis, Altesse. J'ai eu le temps d'effectuer tous les tests nécessaires pendant votre dernière mission.

– Dans ce cas, donnez-lui le mien, maintenant !

– Je suis désolé, je ne suis pas équipé. Mais vous pourrez lui donner au centre. Voilà, j'ai arrêté l'hémorragie. Voulez-vous la transporter au centre ou désirez-vous que j'appelle l'unité de transport ?

– Je l'emmène, répondit le prince.

Hadarah prit Saona délicatement dans ses bras et suivit le soigneur. En chemin, ils rencontrèrent le couple royal et Nadah.

– Comment va Saona ? demanda la reine.

– Nous la transportons au centre. Elle a perdu beaucoup de sang, répondit Hadarah sans s'arrêter.

– Aucune inquiétude, Votre Majesté, elle sera vite remise, précisa le soigneur.

Toute la famille accompagna Hadarah.

Ils attendirent anxieux des nouvelles de Saona. À la droite de Nadah, Émaline tenait la main de sa fille et la caressait, à sa gauche, le roi agissait de même.

Hadarah se trouvait avec Saona et le soigneur pour transfuser son sang.

Quelques heures plus tard, le soigneur vint annoncer à la famille que Saona était réveillée et qu'ils pouvaient lui rendre visite.

Nadah se précipita à son chevet. Hadarah assis près de Saona caressait ses cheveux.

– Comment te sens-tu ? enquit Nadah.

– Comme sur un nuage, répondit Saona en souriant.

– Tu ne souffres pas ?

– Absolument pas.

– Elle a reçu des calmants et apparemment ils sont très efficaces, commenta Hadarah en riant.

– Tu sais que je t'aime, Nadah, ma petite sœur courageuse, déclara Saona avec la voix d'une personne intoxiquée.

– Moi aussi je t'aime.

– Vous aussi, les parents, je vous aime, mais celui que j'aime le plus au monde et par-delà tout l'univers, c'est mon amour ! Le commandant Hadarah ! Je l'aime tellement, Hadarah, que je dois le crier haut et fort ! ajouta Saona en criant.

La famille éclata de rire et Hadarah aussi.

– Chut, mon amour. Il y a des malades qui ont besoin de calme.

– Oups ! désolée, mais approche-toi. N'empêche que je t'aime plus que tout, murmura cette fois Saona.

– Moi aussi, je t'aime plus que tout.

– Nous vous laissons maintenant que nous sommes rassurés. Bonne nuit, Saona. Nadah ? Tu nous accompagnes ?

– Oui, mère. J'arrive.

Nadah s'approcha et déposa un baiser sur le front de Saona et murmura :

– Moi aussi je t'adore, grande sœur.

Cette fois, Saona resta bouche bée en regardant s'éloigner Nadah. Elle reprit vite ses esprits, enfin partiellement.

– Hadarah, murmura-t-elle.

– Oui.

– Tu sais, j'avais prévu de te sauter dessus ce soir pour que l'on fasse l'amour. J'avais même préparé un joli négligé très sexy pour t'attirer dans mes filets, murmura Saona d'une voix qui se voulait être charmeuse, mais qui ne l'était absolument pas.

– Ah oui ? Au sujet de cette chose sexy, je pense que je l'ai utilisée pour arrêter le sang.

– Oh pas grave ! j'en ai une autre, répondit Saona qui balaya rapidement la nouvelle de la destruction de son joli négligé.

– Donc tu as envie de moi ?

– Oh oui ! J'ai trop envie de te caresser et de te lécher tout le corps. C'est cool l'amour platonique pour apprendre à se connaître, mais maintenant on peut sûrement élargir nos horizons. Qu'en penses-tu ?

Hadarah se retenait d'éclater de rire. Le traitement antidouleur avait des effets surprenants et révélateurs sur Saona.

Hadarah en profita un peu pour lui poser des questions.

– Je suis tout à fait de ton opinion et j'aurais l'occasion de te le prouver, ajouta le prince.

– Tant mieux, on va pouvoir faire plein de gros, gros, gros, câlins !

– Oui, autant que tu voudras.

– Et puis, tu m’as donné ton sang, tu peux aussi me donner de quoi faire des bébés ! mentionna Saona.

– Des bébés ! tu veux des bébés ? répéta Hadarah surpris.

– Bien sûr que je veux des bébés de mon beau prince charmant.

– Combien penses-tu en vouloir ?

– Euh, ça, je n’y ai pas encore réfléchi, mais deux au minimum.

– Et tu préférerais une fille ou un garçon ? enquit le prince.

– Pas de préférence, les deux, ça ne serait pas mal. Et toi ?

– J’aimerais au moins une petite fille qui te ressemble, mais je serai heureux même si c’est un garçon.

– Parfait alors, si mon commandant d’amour est heureux, je le suis aussi.

Saona se mit à bâiller.

– Je vais dormir un peu avant de te faire l’amour, je suis vraiment fatiguée. Et pour pratiquer des folies de mon corps, je dois reprendre des forces.

– Repose-toi, je reste là.

– Je t’aime, répondit Saona avant de s’endormir et de ronfler.

Hadarah essaya d'étouffer son éclat de rire. Ce soir, il avait découvert une nouvelle facette de sa bien-aimée. Jusqu'à présent, il n'avait jamais réellement pensé à avoir des enfants. Mais la pensée de devenir père le ravissait.

Chapitre 21

Deux mois plus tard.

Au palais royal, les réjouissances pour fêter l'union de Saona et Hadarah se poursuivaient sans discontinuer.

Après le retour de Saona dans son appartement, le couple n'avait pas perdu de temps pour élargir leurs horizons intimes. Hadarah avait délégué son travail à divers assistants dignes de confiance pour passer plus de temps avec sa fiancée.

Le couple avait parcouru une grande partie de la planète afin de présenter la future princesse, Saona, le joyau d'Estrella, comme le peuple la surnommait. Sur toute la planète, l'accueil fut grandiose et chaleureux.

Nadah, toujours entourée de ses gardes, les avait accompagnés pour fêter son retour sur Estrella. Depuis l'attaque de Tarkill, la princesse ne craignait plus de sortir. Elle avait eu le courage de faire face au fils de son kidnappeur. Cela avait déclenché en elle une soif de vivre le plus librement possible.

Elle commença à sortir dans le parc, puis se rendit en ville et dans la clinique où se trouvaient Vita et ses sœurs. Leur réunion fut émouvante. Le nouveau visage de Vita lui permettrait de commencer une nouvelle vie et de devenir celle qu'elle avait toujours voulu être.

Quelques jours plus tard, Vita et ses sœurs avaient quitté Estrella pour la planète Decroi où elles pourraient vivre simplement en toute tranquillité.

Le moment le plus difficile pour Nadah fut sa visite à Thea. Elle ne se remettait pas du traumatisme subi en captivité. Elle restait prostrée, ne parlait plus, ne mangeait plus. Elle se laissait mourir. Nadah essaya de lui parler pour la sortir de son mutisme, mais n'obtint aucune réaction. Elle quitta sa cousine, le cœur lourd, espérant qu'elle aurait un sursaut de conscience et qu'elle reprendrait goût à la vie. Mais elle en doutait.

Quelques jours plus tard, Nadah apprit la terrible nouvelle. Le cœur de Thea avait cessé de battre. Ses funérailles se déroulèrent dans l'intimité, seulement la famille royale y participa. Toutefois, Nadah demanda à son père qu'une statue de Thea fût érigée dans le parc du palais. Elle désirait que Thea ne soit pas oubliée. Elle qui avait été d'un grand soutien pour Nadah durant leur captivité. Namir donna immédiatement l'ordre de la créer. Depuis, la statue de Thea au visage souriant trônait au milieu du parc. Les Cokwalins restaient souvent auprès d'elle, comme pour veiller sur Thea.

Malgré son courage retrouvé, Nadah ne pouvait oublier son passé et se sentait rassurée d'avoir toujours sa garde personnelle à proximité. Des gardes loyaux, amis de son frère en qui Nadah avait toute confiance.

Elle ne portait plus de turban, mais un carré court que Saona lui avait conseillé. Comme le port du foulard turban, la nouvelle coupe de cheveux de la princesse fit fureur sur Estrella.

Quant à Tarkill, il avait été jugé et condamné à la prison à vie sur Carniate. Cette fois, du moins la famille royale l'espérait, personne n'entendrait plus parler du seigneur Rodav et de ses progénitures.

Les Dragemions ne s'étaient pas manifestés au soulagement de tous.

Thérac et Sienna vivaient heureux en dehors de la capitale. Ils rendaient régulièrement visite à leurs amis au palais. Sienna fut bien entendu désignée comme une des demoiselles d'honneur.

– Oh, Saona, tu es magnifique, à couper le souffle, déclara Sienna.

Saona avait choisi une imitation de la robe de mariée de la princesse Katherine. La coupe droite se terminait par une traîne. Les broderies de dentelle recouvraient son buste et ses bras en laissant ses épaules dégagées. Une copie parfaitement réalisée.

– C'est grâce aux économies de tes parents et à ta générosité que je me sens aujourd'hui vraiment une princesse, ajouta Saona.

– Tu étais déjà une princesse de cœur pour nous tous, avec ta gentillesse et ton empathie, commenta Nadah.

– Il ne manque plus que ta coiffure à terminer et tu seras parfaite, ajouta Sienna.

Saona avait remonté une partie des côtés de ses cheveux sur le dessus de sa tête et formé un petit chignon. Des fleurs vertes furent insérées sur le pourtour du chignon et une fleur bleue sur le dessus. De petites fleurs blanches en forme d'étoiles furent ajoutées sur la longueur de ses cheveux bouclés. La tradition était respectée. La fleur pour le bleu, la robe pour le neuf, les chaussures de mariage de Sienna, pour le prêter, et pour l'ancien une bague, reçue de la reine et qui provenait de la mère de celle-ci.

– Au fait, je ne sais toujours pas pourquoi la Gémalite est sacrée. Il est vraiment temps qu'on me le dise, demanda Saona.

– Ce n'est pas important, commenta Sienna.

– Ça l'est pour moi.

– Eh bien, la légende dit qu'elle représente la genèse de la vie sur Estrella. Nos dieux, les êtres de lumières, auraient insufflé tous leurs pouvoirs dans une petite météorite. Elle se serait écrasée sur Estrella. L'explosion aurait créé la Gémalite qui à son tour aurait donné naissance à la vie, la faune et la flore sur Estrella, expliqua Nadah.

– Crois-tu que ce soit vrai ? demanda Sienna.

– Impossible de le savoir, mais j'aime cette légende et, comme la Gémalite, Saona et toi êtes les joyaux d'Estrella. Pas seulement pour vos yeux vert Gémalite, mais parce que vous avez pénétré les cœurs des estrelliens et vous donnerez un jour la vie.

– Ce n'est pas malin, Nadah. Tu vas me faire pleurer avant l'union et Hadarah va s'inquiéter.

– Oups ! comme tu dirais, désolée.

Nadah éclata de rire et les filles aussi.

– En tout cas, c'était très émouvant. Merci, pour ces belles paroles, commenta Saona.

– Le mariage te rend émotive, déclara Sienna.

– Mais non, juste les hormones, déclara nonchalamment Saona en lissant sa robe.

Elle releva la tête et trouva Sienna le regard fixe et les mains sur les hanches.

– Les hormones ? interrogea Sienna.

– Oups !

– Saona ? demanda Sienna d'un regard inquisiteur.

– Nous devrions partir, Hadarah va se demander pourquoi je suis en retard, commenta Saona pour changer de sujet.

– Très bien, j'attendrais, déclara Sienna.

– Tu attendras quoi ? demanda Nadah.

– Rien du tout. Peux-tu dire à Namir d'entrer s'il te plaît ? interrompit Saona.

– Oui, bien sûr.

L'union de Saona et Hadarah se déroula au fond du parc, près de la source où luisaient les pierres sacrées.

En choisissant cet endroit, Hadarah désirait symboliser l'aube d'une nouvelle vie sur Estrella. L'union de deux mondes de galaxies si lointaines changerait à jamais le futur de la planète.

Saona était tout de suite tombée amoureuse de l'emplacement.

De plus, le terrain était immense et surélevé par endroit. Il permettait la venue d'un grand nombre d'estrelliens désireux d'assister au mariage du prince et de son joyau.

Les demoiselles d'honneur arrivèrent les premières au bras de leurs compagnons et prirent place aux côtés d'Hadarah. Ému, les yeux brillants, il attendait la venue de sa bien-aimée. Il n'aurait jamais imaginé ressentir des sentiments si puissants. Son amour pour Saona avait transpercé son cœur de guerrier.

Tous les yeux se tournèrent vers le roi et Saona. Ils furent tous éblouis par la beauté de la princesse. Mais elle n'avait d'yeux que pour Hadarah. Son cœur tambourinait à tout rompre.

Le prince se tenait si fier, sa prestance si majestueuse. Lorsqu'elle rencontra enfin son regard, elle discerna dans ses yeux cet amour si intense qu'ils partageaient. Leur union scellerait ce lien inébranlable et magique qu'ils avaient eu la chance de trouver au cœur de l'univers.

Saona se retint de ne pas lui sauter dans les bras. Depuis la communion de leurs corps et les longues heures à découvrir leurs plus intimes secrets, Saona ne supportait plus d'être éloignée d'Hadarah.

Il prit les mains de sa bien-aimée et se sentit complet. Cette nuit sans Saona, afin de respecter les traditions du mariage, avait laissé un vide indiscutable et indescriptible en Hadarah.

Il écouta son père réciter le pacte de l'union de leurs deux âmes sans vraiment l'entendre. Il ne voyait que Saona. Il la trouvait encore plus resplendissante. Son aura reflétait son amour inconditionnel et sa loyauté. Hadarah se sentait l'homme le plus chanceux de tout l'univers. Il aimait la personnalité de Saona. Sa douceur, son empathie, sa joie de vivre, mais aussi son courage, son opiniâtreté et son honnêteté. Ses yeux étincelaient de bonheur. Aucun mot ne pouvait décrire l'amour qu'il éprouvait pour elle.

La jeune terrienne n'aurait jamais pu s'imaginer qu'elle se marierait à un prince. Encore moins, à des années-lumière de la Terre. Mais les dieux de l'univers ou la destinée l'avaient placé sur son chemin, cet être merveilleux. Hadarah lui apportait tant de bonheur. À ses côtés, elle se sentait invincible.

Aujourd'hui, Saona se sentait libre d'extérioriser tout ce qu'elle avait caché au plus profond de son être depuis son enfance. Elle n'était plus cette jeune fille qui passait inaperçue et que l'on ignorait.

Ce n'était pas d'être adulée qui la rendait heureuse. Mais tout simplement le fait qu'un nouveau monde, inconnu quelques mois auparavant, l'avait accueillie avec tant de chaleur, de gentillesse et de bienveillance, sans rien lui demander en retour. Mais aussi, qu'en plus de cet amour encore incroyable à ses yeux, Hadarah lui avait offert une nouvelle famille. Pas seulement la sienne, mais celle de tout un peuple.

– Hadarah, tu es l'être le plus exceptionnel que je connaisse. Je te voue un amour abyssal. Ta douceur, ta tendresse, ton écoute, ton respect non seulement pour moi, mais pour toutes les personnes qui t'entourent, représentent seulement une infime partie de tes qualités. Mon guerrier et prince d'Estrella, près de toi je me sens en sécurité et je suis prête à t'offrir une félicité éternelle. Une promesse que je tiens aujourd'hui devant ton peuple et tes dieux, les êtres de lumière.

Hadarah essaya de retenir les larmes d'émotion qui menaçaient de se libérer. Il se racla la gorge et déclara :

– Saona, ma douce et tendre princesse. Tu as su te montrer si patiente. Tu m'as accepté tel que je suis. Un homme parfois trop rigide et autoritaire. Tu as su regarder au-delà de mes défauts et ne prendre que mes qualités. Tu m'as transformé en un être meilleur. Tu représentes la quintessence de ce que la vie m'a offert jusqu'à présent. Je te promets de toujours t'aimer du plus profond de mon âme et de te protéger. Une promesse que je tiens aujourd'hui devant mon peuple et mes dieux, les êtres de lumière.

Saona n'attendit pas que le roi prononce la traditionnelle phrase, elle attira Hadarah et l'embrassa passionnément.

– Vous pouvez embrasser la mariée, déclara Namir en riant, sous les rires et les applaudissements de la foule…

Saona et Hadarah admiraient le dessin de leurs initiales entrelacées et entourées d'un cœur bleu pour les yeux d'Hadarah et orange pour les cheveux de Saona.

– Elles sont magnifiques, déclara Saona.

– Je trouve aussi, répondit Hadarah.

– Pourquoi as-tu choisi pour mon côté cœur, la couleur de mes cheveux plutôt que la couleur de mes yeux ?

– Parce que la teinte de tes cheveux me rappelle la flamme qui brûle pour toi dans mon cœur. Que pour moi, tu représentes bien plus que la pierre sacrée, car toi, Saona, tu incarnes la genèse de ma nouvelle vie.

Les yeux brillants et très émue par la déclaration d'Hadarah, Saona se rapprocha de lui et l'embrassa tendrement.

La réception battait son plein. Dans le parc, des tables avaient été apprêtées pour recevoir tous les estrelliens qui désiraient assister à l'union sacrée de leur prince.

De part et d'autre du parc, des attractions de toutes sortes étaient proposées. Sienna et Saona avaient préparé un stand dédié à la Terre. Les estrelliens pouvaient ainsi découvrir un peu de la culture des terriennes. Les informations concernaient essentiellement la France et l'Angleterre, leur pays natal.

Hadarah et Saona se trouvaient sur une immense scène. Surélevée sur un large monticule où les mariés pouvaient observer les festivités. Le couple royal et leurs amis les entouraient. Saona souriait et semblait très émue. Elle essuya discrètement une larme qui venait de s'échapper.

– Saona ?

– Oui, répondit-elle en souriant.

– Tout va bien ? demanda Hadarah qui avait remarqué son geste.

– Oui. Merveilleusement bien.

Il prit la main de Saona et déposa un léger baiser.

– Tu sembles émotive depuis quelque temps. Tu as trop travaillé ces dernières semaines. Veux-tu rentrer te reposer ?

– Non. Je t'assure que tout va bien. Je suis tellement heureuse et un peu triste en même temps que mes parents ne puissent pas être parmi nous. Mais je t'assure que tout va très bien.

Sienna ayant entendu leur discussion ne put s'empêcher de déclarer.

– Ce n'est rien, Hadarah ! Juste les hormones !

Saona lança un regard noir à Sienna avant d'éclater de rire.

– Que viennent faire tes hormones dans tout cela ? enquit Hadarah.

Saona réfléchit un instant avant de répondre. Elle se tourna vers Hadarah et en souriant elle prit ses deux mains. Le roi, la reine et les amis observèrent la scène attendant impatiemment la réponse de la princesse.

– Eh bien, il paraît que lorsqu'une femme est en train de concevoir un petit être, elle a tendance à être plus émotive à cause d'un bouleversement de ses hormones.

Hadarah réfléchit un instant à l'explication de Saona et de ce qu'elle impliquait.

– Saona ?

– Oui ?

– Tu veux dire que nous allons être parents ? demanda Hadarah les yeux écarquillés.

– Oui ! Tu vas être Papa ! répondit joyeusement Saona sous le regard effaré de tous.

Hadarah se leva brusquement en bousculant sa chaise et hurla à qui voulait bien l'entendre :

– Je vais être père !

Saona éclata de rire.

– Ça au moins, c'est de l'annonce ! déclara Saona en riant.

Hadarah l'aida à se lever, la prit dans ses bras et l'embrassa passionnément devant les regards joyeux et émus de tout le peuple.

La Reine s'approcha et les enlaça, elle pleurait, encore…

– Toutes mes félicitations, je n'aurais jamais cru connaître un tel bonheur.

Le roi, Nadah et tous leurs amis firent de même. La nouvelle de la future naissance d'un petit prince ou d'une petite princesse représentait l'apogée de la célébration de l'union de ces deux êtres que le destin avait réunis par-delà l'univers.

Épilogue

Les mois s'écoulèrent dans un bonheur intense pour le couple princier. Toute la famille était aux petits soins pour la future maman.

Hadarah ne s'absentait que rarement. Il ne voulait pas s'éloigner de sa bien-aimée. Le soir, lorsqu'ils se retrouvaient dans l'intimité de leur chambre, Hadarah caressait le ventre de Saona. Il se penchait dessus et parlait aussi à ce petit être qui se développait. Son regard émerveillé par la magie de leur création.

Ils avaient reçu des cadeaux de tout Estrella pour fêter l'arrivée du petit. Des travaux avaient été réalisés dans l'appartement d'Hadarah pour accueillir l'enfant. Il aurait sa propre chambre. Saona avait toutefois insisté pour qu'il reste avec eux durant les premiers mois de sa vie. Princesse, oui, mais maman et épouse avant tout, avait-elle déclaré à Hadarah. Une déclaration qui avait ravi le prince.

Nadah aussi se réjouissait de la venue de son neveu et de sa nièce. Elle espérait aussi un jour connaître ce bonheur.

Quant à Sienna et Thérac, ils avaient appris qu'ils allaient être également parents. La nouvelle avait réjoui Saona et Hadarah. Leurs enfants pourraient grandir ensemble.

Trois mois après la naissance de l'enfant du couple princier, Sienna mit au monde un petit garçon prénommé Natéo. Les deux couples vivaient des moments extraordinaires. Sienna pensait souvent à ses parents et était persuadée qu'où ils soient, ils se réjouissaient de son bonheur.

Saona, la jeune randonneuse introvertie avait totalement disparu. Elle avait laissé place à une femme épanouie, heureuse et amoureuse. Le plus scintillant des joyaux d'Estrella venait de donner la vie à une nouvelle pierre précieuse.

Lyhana, sa chevelure dorée, son regard émeraude et translucide, le premier enfant interstellaire, offrait une ère nouvelle à la galaxie Tarelle.

Fin

Retrouvez tous les romans d'Angeline Monceaux sur Amazon

Angeline vit depuis deux ans dans en Gironde dans le Sud-Ouest de la France auprès de son compagnon et de sa chienne.

Fière maman de trois fils adultes et mamie de deux petits enfants qu'elle adore par-dessus tout.

Elle a quitté le Danemark où elle a vécu pendant vingt ans, pour retrouver son pays natal et sa culture.

Elle se consacre désormais uniquement à l'écriture de ses romans et à la création de leur couverture.

Attention : Histoires positives avec fin heureuse.

Son plus grand désir et de pouvoir apporter de l'évasion à ses lecteurs. Elle souhaite qu'ils découvrent de nouveaux horizons.

Elle écrit principalement des aventures romanesques de Fantasy urbaine et de Science-Fiction. Elle adore créer des mondes où les limites n'existent pas pour le plus grand plaisir de ses lecteurs. Mais vous trouverez également d'autres genres.

Vous pouvez la contacter par E-mail :

angeline.monceaux@gmail.com

et la rejoindre sur les réseaux sociaux.

Instagram : Angeline Monceaux Romancière

Facebook : Angeline Monceaux Romancière

Youtube : Angeline Monceaux Romancière

www.ingramcontent.com/pod-product-compliance
Lightning Source LLC
LaVergne TN
LVHW050536160826
845677LV00011B/2053

* 9 7 9 8 3 5 3 7 6 4 4 7 2 *